閱讀與寫作——當代詩文選讀

顧蕙倩・陳謙 編著

編著者簡介：

顧蕙倩

國立台灣師範大學國文系學士、淡江大學中文研究所碩士，佛光大學文學研究所博士。大學時期參與師大「噴泉」以及「地平線」詩社。曾任迴聲雜誌採訪編輯、中央日報副刊編輯、新觀念雜誌特約採訪編輯、國立台灣藝術大學兼任講師。現任國立師大附中國文科教師，兼任銘傳大學應用中文系助理教授。

作品曾獲師大噴泉詩獎、台北詩人節新詩即席創作首獎、2009年第一屆大學院校詩學研究獎。

陳　謙

本名陳文成，南華大學出版事業管理碩士，佛光大學文學博士。曾任出版與文化事業專業經理人兼總編輯（1996–2006），現為中原大學景觀學系專案教師（2009–），兼任國立台北教育大學語創系、育達商業科技大學應中系、龍華科技大學遊戲系助理教授。

作品曾獲吳濁流文學獎，文建會台灣文學獎，台北文學獎等。

目錄

卷三　地景寫作

卷四　寫實敘事

【閱讀與寫作—當代詩文選讀 序】

跳繩與翻花繩

閱讀與寫作，對一個讀中文與文學出身的人來說，並不是兩件多難的事吧。相信一般人會如是認爲。

一如跳繩，對體育系的學生而言，該是易如反掌的娛樂遊戲吧？由非體育系出身的人看來，這項可視爲揚威國際的專業課程，對每個體育系的強健好手而言，不就是他們該會的體能技藝嗎？

但是同樣是一條繩子，就翻花繩而言，便不是每個體育系都能輕鬆過關的項目了。靠體力，靠訓練，對體育系的人來說，連續跳繩一百下，能夠輕易跳成個專業的模樣，而翻花繩呢，看似不難，就是拿條小繩子在指尖玩來玩去嘛。而大雄在多啦ㄟ夢的科技產品鼎力幫助下，靠自己的興趣主動提升能力的，也只翻花繩一項可算擅長之強項，可這技巧，看似對學業成績一點幫助也沒有，也沒法兒取悅自己憂慮不已的母親。

不過，大雄倒是讓手指玩得更加靈活，也更有屬於自己的專長心得。想想，一部上演了幾十年的故事，情節不管怎麼變化，多啦ㄟ夢的百寶袋有多少令人著迷的輔助工具，一直以來，也還是無人能取代大雄的翻花繩功夫呢！

話說自從高中基測和大學學測指考的作文成了升學輔導的強項之一，坊間應運而生的作文指導書籍與補習班便多如牛毛，這塊學習大餅，成了商業兵家必爭之地。孩子們從幼稚園開始可就應父母的安排，忙著參加各種作文班與文藝營，而學校正規的國文課當然也少不了老師的諄諄教誨與寫作引導，但是，爲什麼當了大學生之後開始繼續修習有關「閱讀與寫作」的相關課程時，拿起的一支筆卻愈來愈顯陌生與沉重呢？

同樣是一條用線做成的繩子，連續跳繩一百下，可以靠一步一步規律的訓練，考試鐵定沒問題，可翻花繩的功夫，大雄說，哈哈，不是自己喜歡的話，想學，也只是大家都會的幾個花招囉。

當然，今天大雄來寫一本翻花繩的書，教大家如何走進翻花繩的美妙世界，相信比一個會教學生連續跳繩一百下，卻不會翻花繩的體育教授所寫的《跳繩與翻花繩—當代繩藝100招》教科書，要更能使學生喜愛與受用吧。

話說這本《閱讀與寫作─當代詩文選讀》，當是一本讀中文系與文學系出身的兩位大學老師的專業跳繩與翻花繩之作。陳文成老師與筆者皆爲文學系博士，對於台灣現代詩文深具長期關注與專業研究之個人見解，然而，難能可貴的是，從事文學創作的資歷，陳文成博士可眞是令人咋舌到不得不肅然起敬呢。筆者喜愛寫作的興趣雖然不亞於這位創作才子，但是耽溺風花雪月的浪漫習性，致使耕耘寫作的燈下時光竟然還沒有吟風弄月的發呆歲月來得多，屈指可數的文學著作與文學獎項也僅供賞玩青春之用。陳文成博士著作等身，參加國內各型文學獎已如探囊取物，筆者有幸能與其共同完成這本著作，個人可謂受益良多。

當初成書的立意，當不僅僅以提供大學「閱讀與寫作」相關領域課程之用，亦希望能對有心從事文學創作的愛好者，能不以「繩藝 100 招」之類的修辭技巧與寫作套招爲主，而能一同打開雙手，一起感受翻花繩的樂趣。

詩文其實必須在閱讀時領略其間樂趣的同時，才有進一步創作引導的可能。新世紀的今天我們已不再強調文本的大敘述，艱澀的理論亦或是模糊的思考來爲難讀者，而是要以文字上明朗、取材上健康爲莘莘學子挹注愛與希望。際此，本書特爲教師和學生（寫作愛好者）精心策劃，依四大寫作主題方向引導進入閱讀與寫作的樂趣之門，分別爲時間之召喚、浪漫之抒懷、地景書寫與寫實敘事，這裡精心揀選台灣當代詩文佳作數十篇，以爲賞析之及寫作之範例，以期能拿起一本書就能領略閱讀的樂趣，進而握住一支筆，能夠自然而然的書寫心情。

相信大雄的翻花繩功夫，也是他在長期的興趣與摸索之餘，自然而然的玩樂所得。

顧蕙倩 2010.4.12 于翻花繩中

卷一 浪漫之感悟

中國的浪漫文學淵源甚早，一般研究者以爲始於楚辭。中國文學自楚辭之後不但歷經文學體裁的流變，每個朝代、諸多文人其表現浪漫精神的內涵及方式亦各有不同，實値得吾人細細品味。

如果說浪漫文學的特質是以充滿激情和想像的誇張方式，來表現創作者理想與願望的話，那麼，可以說，在世界各民族最初的文學活動中，就已經存在著這種形態的文學了。表現理想和幻想本是促成文學發生的一個重要因素，也是文學構成的一個基本要素，從這個意義上說，浪漫精神正是文學的一個重要源頭，文學創生的本質從一開始就和浪漫精神有著極其密切的關係。

雖說表現主觀情感是各種文學類型共有的特點，但是我們要注意，在對情感的抒發上，浪漫文學有自己的特點。如果和寫實文學比較一下，可以說在處理感情和生活的關係上兩者之間有這樣的區別：浪漫文學是由情生物，為情造物，對生活的表現受主觀感情的支配，所以浪漫文學塑造的藝術形象往往不同於生活形象；而寫實文學則是由物生情，融情於物，主觀感情的表現須受所描寫的真實世界的客觀制約，把主觀的情感融入生活形象之中。

譬如白居易在〈賣炭翁〉中曾抒發對賣炭翁的同情，「賣炭翁，伐薪燒炭南山中。滿面塵灰煙火色，兩鬢蒼蒼十指黑。」這種情感的表達是在表現事實的狀態、陳述事實悲慘的基礎上進行的。可是李白的〈長門怨二首．其二〉中對景色的描寫，卻是在感同身受的激情中所產生的想像：「桂殿長愁不記春，黃金四屋起秋塵。夜懸明鏡青天上，獨照長門宮裏人。」為表現作者自身對理想的希望和熱情，浪漫文學尤其注重對理想世界與英雄的塑造，並常常以強烈的情景對比來強化和表現主觀情感的傾向性。

自《詩經》《楚辭》以降，中國古典詩的寫實精神和抒情傳統如涓涓細流，文學作品記錄了庶民的生活，也讓常民的情感和文學的語言互相映照，彼此影響、累積、消化復顚覆彼此的思維習慣，逐漸形成文學、哲學與美學的體系，或成爲一個時代的流派，或匯流成思潮，繼續自覺或不自覺地推動著下一代的庶民和文人。「浪漫精神」一直是其中重要的創作力量，只是在以實用爲取向的「仕宦文學」傳統中，詩教不言浪漫，只言溫柔敦厚；而在以抒情爲傳統的「言志文學」系統裏，文人抒情詩的道德內化和人性昇華亦忽略了「浪漫精神」的個人價値與意義。今以「浪漫之感悟」爲閱讀與寫作重要主題之一，當是希望能提示愛好文學者能從「浪漫精神」的視野解析文學作品的抒情言志精神，並能循此懂得捕捉書寫構思時創作的初衷與最初的感動。（顧蕙倩）

親愛的林宥嘉

神小風

只有我能停止寫信，而你不得拒收。
親愛的林宥嘉，我寫信給你，仍像過去時那樣執拗的苦戀著，
你無法打一通電話來跟我說：喂不要再寄了喔！
無法說那些傷害我的話語。

讓我說，我能如此自然喚你親愛的，如戀人般喃喃細語的原因無他。只因我始終深深堅信，這是愛情。

在遇見你之前，我也愛過幾個人。最開始該是小學同班的男同學，總是當模範生代表全班領獎的傢伙，兩邊鬢角留得長長的（是啊，就像你剛出道時那樣，貼緊臉頰好看極了），在一群平頭小孩裡特別顯眼。我喜歡，自然班上其他女生也不會錯過，送零食送飲料幫寫作業，或在桌上刻下自己和他的名字，畫個好大的愛心框起來，然後在旁人問起時猛說沒有沒有，渴望事實成真又不敢太過張揚，或一人一個文具店流行的戀愛橡皮擦，「把妳喜歡人的名字寫在上面，當擦布用完的時候，願望

就會成真喔！」老闆娘笑臉盈盈的這麼說，我不信那些女孩心裡沒有冒出懷疑：「真的嗎？」、「這只是商人騙錢手法？」種種問句在女生群中不斷飄散，但終究還是愛的力量戰勝一切。她們全都低頭，專注在桌上擦出一堆屑屑，互相笑鬧猜測對方偷偷寫在橡皮擦上的是誰的名字？眼神悄悄飄向模範生男孩，女孩共有的默契讓她們都同一國。

我不做這些事，獨自一人站在外面看她們，這樣的小圈圈無我加入餘地，但我也同樣愛他，要是他也愛我該有多好？這樣或許我就能以另一種姿態加入她們，快樂嘻笑一起玩鬧。

我開始寫信，寫一封封情書全塞進他抽屜，寫著我愛你我愛你並不署名，我想我大概就是從那時開始練習，如何把一切想像全靠筆傾訴（像我也寫給你的那些……你收到了嗎？），這比那些小手段高明得多，我知道他或許會偷偷注意我，在課堂上暗自翻動那些信件，然後找到我。

一日早自習，當我正趁著四下無人，好把信準確塞進他抽屜的時候，模範生男孩出現了。彷彿少女漫畫的心跳場景，他伸手將抽屜裡的信紙拉出瘋狂大力撕掉，片片我愛你飛舞在空中，他滿臉通紅的吼叫出聲：對，就是妳！不要，不要再靠近我了！聽懂沒有！

那樣的句子總在我夢中出現不斷排列組合，以一種噩夢的姿態向我撲來。我驚醒，大汗淋漓，空盪的小套房只獨我一人，起身摸索自熱水瓶倒出一杯溫水，套房裡除了生活必需品無其他累贅裝飾，碗筷都是一人份，連待客用的玻璃杯都沒有，不需要，誰會來敲我的門，讓我開口說句請進歡迎光臨？

但如果眞有客人，我第一件事就是向他炫耀滿滿一整牆海報，那都是你，親愛的林宥嘉，從第一張專輯的你，到演唱會的你，更或者是我自行從網路上抓下來的你……全以各自的姿態被我牢牢貼在牆上，又有誰能說我寂寞？再不，抽屜裡翻出一整疊星光大道全集，加上專輯MV花絮，伸手拍拍座椅，誰來都會跟我一起愛上你專心唱歌模樣。

但還是沒有人來，你的臉仍然笑得很可愛，我把眼前這杯水喝掉，拿起電話又放下，不知該打給誰，手機裡沒有可供聊天的號碼，總是這樣，有時一整天都找不到說話的機會，我安靜的獨自吃飯睡覺像與這世界全然無關聯，買東西能偶爾得到店員一句謝謝光臨，已經算是好的了，更多時候是連和路人碰了肩，都裝做沒這回事般，如果0204可供純聊天，我想我會毫不猶豫撥過去，只爲眞的跟誰說上些什麼話吧。此刻我站在黑暗裡不知如何是好，最後仍是開了電視，任螢幕在屋內閃動，坐下來繼續寫信給你。

親愛的林宥嘉，我寫信給你，仍像過去時那樣執拗的苦戀著，你無法打一通電話來跟我說：喂不要再寄了喔！無法說那些傷害我的話語。只有我能停止寫信，而你不得拒收。我是個安全的狡猾者，深深明白你無力抵抗它人對你的幻想，（林宥嘉，你好可愛，跟我在一起好不好？）幻想你或許會是夢中情人男朋友甚至於老公，儘管你並不樂於成爲如此偶像，單方面的愛情如果我只能付出，那麼你便只能接受，且毫無拒絕的餘地。層層聲光效果掩蓋我們之間距離，眞好，便於我把自己放在隨時可以拒絕你的地位上。但我仍是準時收看你的所有節目，包括超級星光大道娛樂百分百演唱會，像是一旦關掉了電視便什麼都失去了般……

在那樣孤獨而漫長的時光裡，我不斷寫信給你。

八卦雜誌上總說明星太忙，歌迷寫的信通常都不會看，任憑宣傳收集丟棄，此話一出許多明星紛紛消毒安撫憤怒歌迷，我倒希望你眞把信通通丟棄，一定也很多人寫信給你吧，如小學那些可愛的女孩們，這樣我每日寄出的信就會跟那些寫著「林宥嘉收」的一起，被粉碎被丟棄，我便也在它們之中了，沒有什麼兩樣。

但我身邊那些國中女孩比我更早熟，在我還沒迷上任何一個明星之前，就迅速以強勁姿態展現愛情，國中生愛陳曉東劉德華麥可傑克森，每個瀏海都長得遮住眼睛（對，就像你上一個造型那樣……你也喜歡嗎？）書包上貼滿各式閃亮亮照片，雜貨店裡十塊一張的那種，或是裝在皮夾裡炫耀著說他是我老公，不可能成眞的事講來也就不需要害羞了，她們不再是校外教學時，和男生牽個手就要大哭的女生，而搖身一變成陳太太，劉太太……男生再遲鈍，也敏感察覺這一波風潮，同樂會時選唱「心有獨鍾」、「忘情水」的掌聲永遠最多，校慶時那個學 Michael Jackson 扭動的捲髮男生，太空漫步讓全校瘋狂尖叫，即使他滿臉青春痘功課吊車尾甚至還沒變聲……

可我不愛他們，我爲什麼要愛一個摸不到的人呢？親愛的林宥嘉，那時我還不明白，這樣的距離或許才最適切。我愛的隔壁班男生沒有跟我說過一句話，我們從不交談，只是他獨自上下學的背影多麼帥氣，兩顆黑眼珠散發迷幻神情（他的眼睛跟你一樣黑得發亮，是不是也有人這麼稱讚過你？），那是只有我一個人發現的秘密。跟他一樣，放學我也一個人走，沒有人會來主動邀我回家，即使路上匆匆走過的都是同班女生，偶爾勉強參予其中連腳步都變僵了，卻像個異物一般格格不入，最後只能走開了去，不知是生命裡出了什麼差錯，如果有人總擅長逗人開心發笑，那我想我該是最擅長寂寞的吧，也擅長孤獨擅長自怨自艾……

我開始和隔壁班男孩一起回家，保持一前一後的穩定距離，他的背影那麼孤獨，和我一樣，那麼我們走在一起就誰也不會寂寞了，多好。出了地下道，過個大馬路，男孩的肩膀微微傾斜，彷彿書包很沉重似的，然後在一個陌生的街口停下來，再過去我就不認得路了，只能滿臉微笑的目送他的背影走遠，日復一日，親愛的林宥嘉，我多想追上去跟他說：我好喜歡你，我愛你（可以嗎？林宥嘉，我可以靠近你嗎？），這樣好不好？

他沒說話，於是我往前走去，錯入那如叢林一般的迷宮小巷，一個彎還接著一個，我不敢走得太快，隔壁班男孩的身影若隱若現，最後我終於在某個街口失去了他的蹤跡，（林宥嘉，你在哪裡？）疲憊至極的蹲下身來，汗水如瀑濕透了我整個背，眼前的柏油路將我整個人困住，抬起頭乾渴的望著每一處陌生門牌號碼，一旁路過的歐巴桑停停下腳步問我：「妹妹，是要來找誰？」

是要找誰呢？我開口，卻想起我根本不知道他的名字，隔壁班男孩長什麼模樣？我咬住乾裂下唇忍不住想哭，眼淚落在柏油路上轉瞬消失，我不明白，到底該用什麼方式跟這世界相處呢，或正確的來說，如何跟自己相處？能不能有個人能蠻橫不顧禮貌，就這樣闖入我安靜場地，一把將我拉出？

親愛的林宥嘉，那便是你了，於是我聽見了你。

我早該發現的，你與他們不同，那些我愛過的男孩們（他們都像你……）即使我個性再醜怪再孤癖多麼不討喜，電視一開ＣＤ一放，你仍是得唱歌給我聽，不會因為誰比我漂亮可愛，你就只對誰唱歌，不會不會大家都是一樣的。

如果這可算做戀愛，那該是多麼絕望的單戀，漫漫長路看不到盡頭，單方面的愛情若要死心塌地，唯一方式只能說服自己不求回報，這話聽來慘烈無比，像是對著深不見底的湖猛丟石子般，再努力也得不到一絲回音。

但這和通常定義的愛情與衆不同的是，我得以和第三者（第四，第五……這數量該是越多越好）共同愛著你，這個被稱爲林宥嘉的歌手，就跟所有愛著張懸蘇打綠五月天，更甚至五五六六黑澀會美眉棒棒堂的人一樣，我們統稱爲FANS，或粉絲，無關人氣與否，一視同仁。

我老覺得這像一場病症，愛情的熱病一發不可收拾，病症初期：為每天定時收看你所有節目廣播表演，發呆時不自覺腦中浮現旋律哼起歌。接著，每日固定買報紙掌握你所有最新消息，而其他雜誌訪問也不能放過，全剪下收藏更有甚者拿去護貝。到了病症中期：寫信當作寫日記般勤快，開始想見你一面握手招呼……哪種愛情不是這樣？聽到對方名字會心跳加速，忍受漫長等待只為見對方一面，再過來病情加重，我開始上網學著留言，並驚訝的發現竟有那麼多地方可以討論你，論壇家族網誌或 **PTT**……

於是我化身成用英文字母排列組合出來的單字，悄悄在白底黑字中潛水，從未見過面的人怎能如此親密打鬧聊天？掛在林宥嘉名字底下的粉絲竊竊私語，像找到同伴般說著，喂我也喜歡林宥嘉呀哪一首歌……

那我和他們算是同類嗎？我試著打了幾個字回應，底下的回文者便親密的叫了我暱稱，我害羞說著：「我還沒有聽林宥嘉唱過現場呢。」、「那下次我們一起吧！」，如朋友般自然語氣。親愛的林宥嘉，告訴我，朋友是不是就這樣交的？

她說我們，因爲你，於是我便就此成爲我們。

我們、我們、我低聲不斷重複，那將會是世界上最美好的量詞單位了。

（親愛的□□□，這裡頭能不能換成別的名字？）

（親愛的周杰倫）

（親愛的劉德華）

（我想起國中的那些女孩，我們能做好朋友嗎？）

親愛的林宥嘉，最後我還是去參加簽唱會了，到頭來始終沒有排進那長長人龍裡，只敢遠遠望著你唱歌，媒體要求你以歌迷當背景拍張大合照，你稚氣的笑起來轉過身，我也拿起CD舉高搖晃，和我身邊吶喊尖叫的女孩一樣，我試圖也大喊著你的名字，林宥嘉林宥嘉，聲音乾乾的同樣喊到聲嘶力竭，轉過頭和旁邊女孩一樣露出窘迫的微笑，女孩遞給我一顆喉糖。

第二天新聞出來了，好大一張娛樂新聞的版面，照片裡你笑得一臉靦腆，身後是滿滿的歌迷開心面孔，我將報紙攤在地上，仔細搜尋著自己的臉卻片尋不著（那麼，大概是在這個位置吧……），我伸出手，往照片更上方被切掉的部分比劃了一下，在框框之外但我確切是存在於那裡的，這就是我和你的合照了，我們和那麼多愛你的人擠在一起多麼親密，都笑得天真無邪像個孩子。

這是愛情。

我把那張報紙舉起來，找出黏膠一吋一吋把它貼在房裡牆壁上，親愛的林宥嘉，每當我朝那張報紙望去的時候，便會看見外面的風輕而緩慢朝我吹過來，就像是開了一道窗戶般。像擁抱對於寂寞，像愛對於不愛，像你對於我。

⊙原載收錄於 http://www.wretch.cc/blog/godwinder

◎作者簡介：

神小風，本名許俐葳，1984年生，文化大學中文系文藝組畢業，目前就讀國立東華大學創作與英語研究所，耕莘青年寫作會成員，曾獲時報文學獎、教育部文藝創作獎小說類特優、梁實秋散文佳作和林榮三小品文等文學獎項，擅長小說與詩創作，曾出版《背對背活下去》。

◎導讀：親愛的寂寞——評神小風〈親愛的林宥嘉〉

以偶像林宥嘉為書信的對象，並暱稱其為親愛的，初看題目就讓人眼睛一亮，看畢方恍然，原來「親愛的」三個字在文章裏對抗的是多巨大的寂寞。真實的面對自己的「寂寞」，敢言自己的晦暗，作者選擇「林宥嘉」成為傾訴的對象。看似如粉絲般的綿密情懷，卻充滿著宅宅女單戀的苦悶。

因為現實沒km有愛她的人，所以只好愛一個不會拒絕她的人。世故的寫手，巧妙串起少時回憶，原來在愛情跟友情世界裏都很寂寞。跟不認識的人可以因為共同的喜好，變的好像很熟的樣子，但是在我們身邊真實存在的人之間卻是很冷漠的距離，作者走在流行偶像的熱鬧世界，寫出了在一群人裏的孤單。(顧蕙倩)

記得所有記得又或者忘記

崎雲

你記得推窗，記得遲遲
記得悄聲的從我面前走過

去而不復來，屬於你的那個等分
我確信有人坐著
在我的世界裏坐著
日光節約，心脈停止挪移

疏漏於林間
萬方春色鏽蝕於喃喃的口音
如果你記得回來，時年上山

你記得留下髮髻或者壓花的絲絹
你記得推窗，記得遲遲
記得悄聲的從我面前走過

記得所有記得又或者忘記
凡所有被雨幕籠罩的
終將消弭。雷聲再大
再也無法有所搏動
或是樹影，或是滿山的落櫻

——收錄於崎雲著《回來》一書（台北：角立，頁41）

◎作者簡介：

崎雲，本名吳俊霖，1988年生於台灣台南。目前負笈銘傳大學應用中文系。曾獲第二屆x19全球華文詩獎首獎、銘傳文藝獎、台南四省中聯合文藝獎等。曾任／現任台灣學生文學藝術發展協會會長、風球詩雜誌發行人、喜菡文學網詩版版主、文學理論版版主和台詩學吹鼓吹詩論壇大學詩園版主等，作品發表於相關雜誌副刊。目前為風球詩社、然詩社同仁。並著有詩集《回來》（角立出版社）。

崎雲說：相信詩往往便在剎那間凝結、成形，成為我們所看到的樣子，在傷害與觀照之間產生距離，當我們的意識在詩的時空中巡行，意義便開始衍生、壯大，時而有所療癒，時而讓我們看到禪機。詩又或為本我的另一個分身，一體而兩面，創作的本身就是自我的觀照，對立而又共生，此岸即是彼岸，如去即是如來。

◎導讀：不執和自由之美—讀崎雲〈記得所有記得又或者忘記〉

詩人念茲在茲的的創作情事，究竟該真正在意些什麼呢？是意境的掌握、文字的修辭，還是撼動人心的文學獎獎金呢？凡是有心為詩謀篇的人，常會發現，創作時的想法和創作完成後的成品呈現總是各異其趣的！這就是創作吸引人前仆後繼的主要原因吧？這首詩也是如此強烈得讓人感受到詩人的情感，其實應是不預設立場的「來去自如」。

這種不預設立場的情感訴求，倒像是古人創作「自然詩」的心象，透過自然意境的呈現，不論是王維的「深林人不知，明月來相照」，或是陶淵明的「採菊東籬下，悠然見南山」，還是崎雲的「凡所有被雨幕籠罩的/終將消弭。雷聲再大/再也無法有所搏動/或是樹影，或是滿山的落櫻」，情感看似已無人為的矯飾和批判，情懷悠遊於大自然，心靈亦得釋放。

崎雲就讀於中文系，深諳古典語彙，復交錯著現代詞語的轉折，讓我們不禁憶起，情感的來去，也可以充滿著不執和自由之美。（顧蕙倩）

一路平行的□□

方文山

抽一根煙
也只是習慣
故事還是沒有燒完

一路平行的愛情

用思念寫信　於是關心　被密封在玻璃瓶
此刻　我唯一能夠做的　也只是將軟木塞壓緊
始終平行　的聲音　在我們都在的風景
我用想像　說了很多事情　也或許　你有在聽

一路平行的喜歡

抽一根煙　也只是習慣　故事還是沒有燒完
接下來腦海裏都是　關於遠方的　想像
若平行的　只能是目送的目光　你成了對岸
若欲望可以轉彎　我當然是你　激起的浪

⊙原載「方道．文山流」布落格 http://www.wretch.cc/blog/fanwenshan

◎作者簡介：

方文山，1969年生，台灣花蓮人，成功工商電子科畢業，曾以歌詞〈威廉古堡〉榮獲金曲獎最佳作詞人獎，現任華人版圖出版社總編輯。文學作品出版有《半島鐵盒》圖文書、《演好你自己的偶像劇》、《關於方文山的素顏韻腳詩》等。

◎導讀：情景交融之台灣新歌詩——方文山〈一路平行的□□〉——

方文山說：我想作的事情，是將歌詞新詩化，將新詩韻腳化。新詩化當然就是形象的具體化，在詩歌中情景交融，至於韻腳化則考慮到音樂的感染力，令人人皆可琅琅上口，將情緒的波動在吟詠中渲染出來。

方文山能夠掌握詩歌明朗淺易的特質，其語言生動而簡約，且能在情境中轉換自然的心緒，文字的繪畫性流暢之外，更以韻腳的音響效果撼動人心、十足扣人心弦。（陳謙）

大對招

圖文／顏艾琳

葉子飛了　花在舞蹈
我們的眼睛　卻黏在彼此身上

你不動　我也不動了
一秒一秒　時間在動
葉子飛了　花在舞蹈
我們的眼睛　卻黏在彼此身上
不察覺這世界風雲　動了動了
雲　飄遠到別人的頭上
雨　滴到屋簷的眼睫毛

朱銘　1983 銅質雕塑

你仍舊不動
我還是屏氣凝神
管他天藍有幾種顏色
雨淚是否滂沱成災
直到

直到愛意萌生晚
婚約已不可能
我們的大對招
已經傷到彼此最溫柔的穴道

收式。

你一笑便哭
而我哭笑不得

⊙原載《中國時報・人間副刊》2009年5月5日

◎作者簡介：

顏艾琳，1968年出生，輔仁大學歷史系畢業、台北教育大學語文創作所肄業。曾獲出版協進會頒發「出版優秀青年獎」、創世紀詩刊40週年優選詩作獎、文建會新詩創作優等獎、全國優秀詩人獎等多種獎項。

著有《顏艾琳的祕密口袋》、《已經》、《抽象的地圖》、《骨皮肉》、《畫月出現的時刻》、《漫畫鼻子》、《黑暗溫泉》、《跟天空玩遊戲》、《點萬物之名》、《讓詩飛揚起來》、《她方》、《林園詩畫光圈》、2010年4月出版《微美》第13號文學作品；重要詩作已譯成英、法、韓、日文等，並被選入各種國語文教材。自2005年起以專業人士身份受聘元智、世新、原住民部落大學等講師，駐校跟駐地藝術家、讀書會老師。

◎導讀：感情的對峙——顏艾琳之〈大對招〉

朱銘的銅雕其實只是顏艾琳藉以跟讀者溝通的媒介而已，寫象而挹注意義，才是詩人想要傳達的藝術初衷。詩人以形象的直覺入手，將大師作品之精神面向揉合於自己的思考當中，沿波討源去形存神，〈大對招〉中另拓一筆，寫出感情中的不安與矛盾。

對物象的觀照，經常是詩人入門的首要課題，形象思維的給出，也被認為是藝術高下唯一的憑藉標準。特別是詩，其精確，流動且情景交融的文字描述，其實不只是文字的再現而已，更是精神性的灌注。

顏艾琳的文字前瞻明朗且完整，不同於時下後現代風格的瑣碎與拼貼，再加上其直言不諱的個性，作品時有驚奇而不凡的演出。（陳謙）

掏耳書

陳謙

那一條幽深的通道啊
記憶妳和諧的音步

像一隻安靜的花貓
趴在溫暖的老巢裡
忘了自己曾經是
追逐小鹿的老虎

用手環住妳細緻的腰桿
閉上眼，時間悄然無聲
膽小的野兔

對望中只敢豎起雙耳動也不動
一動也不動
但我卻跳入
妳細緻溫柔的眠夢中

那一條幽深的通道啊
記憶妳和諧的音步
也或許
曾有短暫拔尖的音域
（鼓膜彷彿遭到收買
所有的愉悅都暗指這個線索）

揮動妳精巧的小手

母親，喔不，是情人
隨這白銀樣貌的工具
探入安全的子宮
一個涉世未深的小孩
貪婪逗弄緊咬吸吮著
粉色的乳暈
誤以爲是他鍾愛的玩具

老虎醒來以前
只是一隻無助的小小花貓
值得憐憫、疼惜，而已

⊙原載《幼獅文藝》672期，2009年十二月號，p88-p89

◎作者簡介：

陳謙，本名陳文成。佛光大學文學博士、南華大學出版事業管理碩士（MBA），曾任專業出版經理人兼總編輯，現為中原大學景觀學系專案教師，兼任國立台北教育大學語創系、育達商業科技大學應中系、龍華科技大學遊戲系助理教授。出版有詩集《台北盆地》（1995 初版；2002 再版）、《台北的憂鬱》（1997）、《島》（2000）、《給台灣小孩》（2009）等 6 種，另有其他文類 7 種，合計 13 種。

文學作品曾獲 1991 年吳濁流文學獎、文建會台灣文學獎、磺溪文學獎等。

◎導讀：愛情行動劇——評陳謙〈掏耳書〉

好詩之為好詩，在於詩人懂得將文字安於正確的位置，使展現超乎文字本意的音韻、意象、情思等文學作用。這首〈掏耳書〉堪稱情詩的創新之作，其特出性在於善用動態性譬喻，讓文字活潑的跳脫了靜態的寫實符號，成為一齣「愛情行動劇」。

虎為貓科動物，前者為主動出擊的肉食者，後者卻多安於為人類餵食豢養，如此不同習性的動物，詩人藉著情人間「掏耳」的親暱行為，巧妙的結合一契，如椽大筆一揮，詩人看似取代了造物主，以詩超越自然演化的偉大力量，但是詩人說，那超越生命本質的偉大力量究竟還是「愛情」。

文學不也是文字的演化過程嗎？詩人將意象動態化，從老虎甘於被情人馴養為花貓開始，意象的演化便同時互相進行著：母親與情人，子宮與耳朵，成人與孩子，掏耳與童真，在愛情的兩人世界裏，時時扮演著角色靈活的互換，老虎本是叢林裡的獵食者，沒想到一個情人間的掏耳舉措，竟如此輕易成為情人的懷中獵物。（顧蕙倩）

瀕臨崩潰的字眼感覺有風

葉紅

不經意地數著一遍一遍瀕臨崩潰的字眼
好複雜好多斑點在大圓裙上泛紫變大
在幽暗中繼續　繼續

漂亮的圓裙在椅子上低聲哼歌感覺有風
淺黃色的布鞋繞著鞋櫃持續張望門外
肥皂在同一間浴室裡忠實地變小變瘦
需要深刻碰觸的對號密碼說熱
火爐上水沸了迷迭香需要沖泡
窗臺下深綠色的植物按時澆了雨水
喝花茶多少歡愉放些糖和鈕釦用碟子
轉動後的喜悅轉動最重要的現在

粗糙地折磨粗糙地觸及靈魂有益於
雌雄同體還原局部繼續長大轉過身體
不經意地數著一遍一遍瀕臨崩潰的字眼
好複雜好多斑點在大圓裙上泛紫變大
在幽暗中繼續 繼續

⊙原載《瀕臨崩潰的字眼感覺有風》：頁 42

◎作者簡介：

葉紅，本名黃玉鳳（1953－2004），四川省渠縣人，1953 年生於台灣台北，2004 年卒於中國上海。文化大學舞蹈學系畢業。曾任中學教師，耕莘青年寫作會秘書長、副會長，耕莘文學劇坊藝術總監，《旦兮》雜誌主編，河童出版社社長。

曾獲耕莘文學獎新詩首獎以及散文、小説獎，耕莘青年寫作會八十五（1996）年度傑出會員獎等。作品入選爾雅版《八十四年詩選》（1995）、《八十五年詩選》（1996）、《八十七年詩選》、（1998）《可愛小詩選》（1997），文史哲出版《中華新詩選》（1996）、《九十年代台灣詩選》（1997）、《兩岸女性詩歌三十家》（1999）

等。著有詩集《藏明之歌》、《廊下鋪著沉睡的夜》、《紅蝴蝶》、《瀕臨崩潰的字眼感覺有風》，散文集《慕容絮語》、與陳謙編有《卡片情詩選》等。

◎導讀：浪漫有風——評葉紅〈瀕臨崩潰的字眼感覺有風〉

從詩作中，可以看到葉紅對自我認同（Self–identity）強弱不一的需求，如果依據社會學家對自我認同最普遍的看法是，「它實現了自我的發展和確定個人的身份，從而形成一種關於我們自己的，以及我們同周圍世界關係的獨特感覺的持續性過程。」

葉紅的作品常常徘徊在自覺與現實的世界之中，由於前後並不一致，展現其質量不均的一面，詩中看似現實生活的種種意象如圓裙、布鞋、肥皂、火爐、窗檯、鈕扣和碟子等，一經詩人的詮釋，就再已經不是庸俗的物質化呈現。它們充滿了人性化的想像，詩人也賜予了它們生命的活動力：圓裙低聲哼歌感覺有風、布鞋正不安地張望、肥皂懂得忠實的面對變瘦變小的責任，而再香的迷迭香仍須要在沸水裡完成自己的芬芳。只是這些詩意化的物品，一經詩人的想像點染，就「不經意地數著一遍一遍瀕臨崩潰的字眼／ 好複雜好多斑點在大圓裙上泛紫變大 ／在幽暗中繼續 繼續 」，這些都展現了現實人性裡的矛盾和對立。

在〈瀕臨崩潰的字眼感覺有風〉一詩中，詩人正是以自己的靈性來感受外界的美感與互動關係，所以，我們平日看起來井然有序的生活用品，一旦與詩人的靈魂互動便產生了獨特的美與真，「轉動後的喜悅轉動最重要的現在　/粗糙地折磨粗糙地觸及靈魂有益於　/雌雄同體還原局部繼續長大轉過身體」，詩人以「人的本真情感為出發點」，卻悲哀地看到了經不起折磨的現實界。（顧蕙倩）

孤獨

白靈

孤獨是難以豢養的
像終究難以馴服的情人

孤獨是難以豢養的
搜刮來整座城，也餵牠不飽
你垂淚，跪求，牠的腰仍自你指間滑走
你轉身欲飛，牠偏偏又來影子你
不休輾轉，像終究難以馴服的情人

⊙原載「白靈文學船」http://www.ntut.edu.tw/~thchuang/body.html 2007

◎作者簡介：

白靈，本名莊祖煌，現任台北科技大學副教授。耕莘青年寫作會文學顧問，葉紅女性詩獎總策劃，九歌版「中華現代文學大系」詩卷編委，曾創辦「詩的聲光」。文學作品曾獲中國時報敘事詩首獎、梁實秋文學獎散文首獎、中央日報百萬徵文獎、中華文學獎、創世紀詩創作獎、中山文藝獎、國家文藝獎等十餘項。

出版有詩集《後裔》、《大黃河》、《沒有一朵雲需要國界》、《妖怪的本事》等，編有《八十四年詩選》、《可愛小詩選》、《新詩二十家》。

◎導讀：其來有自的寂寞——白靈五行詩〈孤獨〉

近代詩歌以形式著稱，前有向陽十行集，近期則有白靈五行詩。

白靈的孤獨來自於需求的無法滿足，使詩中敘事者煩憂的其實正是難以馴服的情人，像恰恰的舞步一樣，你進他退，你退他又趨近。詩人將他代換為「牠」，以示其不可捉摸的心性接近「神」奇，更令此詩溢滿想像空間。

第四行「牠偏偏又來影子你　不休輾轉」，以名詞替代形容詞，更增添詩行的趣味。詩人以孤獨命題，其實書寫的是無法言說的寂寞，因為無力與情人進一步良善溝通，巨大的寂寞於是排山倒海前來，於是不免有孤獨之悵觸。（陳謙）

我的書齋

孟樊

有時紅色太多，或者藍色過濃
孤獨是洶湧澎湃的調色盤

有時紅色太多，或者藍色過濃
孤獨是洶湧澎湃的調色盤
架上放，桌上擺，風吹一陣又一陣
琤琤琮琮蜿蜒的溪澗窗前流過
是黃鶯嚶鳴還是秋蟬鼓噪
一葉扁舟緩緩劃過
在薄薄一頁的　弦裏

洩露的琴音五彩繽紛

從蕭邦到德布西
宛如萬馬奔騰於山壑的抽象畫一幅
扛起綠草如茵的整面牆壁
坐對偶爾失眠的疲態
難免感官之必要，或者
溫柔之必要

小說進，散文出，進進出出
馬不停蹄的感覺像調色盤
玫瑰花加橡皮擦錯落有致
遺漏的字句，彈錯的音符
像秋天剛過完的心情
有疾有徐的呼吸也會拍子不一
五顏六色忙亂成一團

泰山壓頂是萬里長城般的書頁
橫面而來，理論白，批評黑
文學紅，歷史青，無言背對
政治社會則不分青紅皂白
隨手拈來桌前
仙人掌一株
攤開
再攤開
掌中全是
雪
午夜從窗外飄進來

⊙原載 1992 年，孟樊詩集《S.L. 和寶藍色筆記》書林出版。

◎作者簡介：

孟樊，本名陳俊榮，一九五九年教師節生。國立台灣大學法學博士。曾獲中國政治學會傑出碩士論文獎。現任教於國立台北教育大學語文與創作學系。早年曾參加漢廣詩社，曾任中國青年寫作協會理事。長期於傳播界任職，後於中國文化大學、輔仁大學、南華大學等校授課，並曾任佛光人文社會學院文學系系主任。

出版有著作：詩集《S.L. 和寶藍色筆記》、散文集《喝杯下午茶》、文化評論集《知識份子的黃昏》、文學評論集《台灣文學輕批評》、《當代台灣新詩理論》、《文學史如何可能——台灣新文學史論》等，凡二十餘冊。

◎導讀：詩歌色彩學範例——孟樊〈我的書齋〉

編書，寫書，教書，讀書……一直是詩人學者孟樊最為貼切的寫照。詩人關注書，寫作自然常常與書同在，書齋生活的書寫，其實是其閱讀經驗的擴展與關懷。

「理論白，批評黑／文學紅，歷史青，無言背對／政治社會則不分青紅皂白」，最後「雪／午夜從窗外飄進來」。就心理視覺的可視性而言，孟樊令顏色直接引導讀者的知覺感應，十分成功的具現出即興式的觀察摹寫，直取書寫類型的深層核心與義含，語言的隱喻空間頗堪玩味。（陳謙）

風的最痛處
——給地球上最後的四百隻短尾信天翁

紀小樣

那雪色的流星；風的魔術師
是轉世的水手，蕩遊太平洋上

腳步笨拙地走過波特萊爾的詩句
柯勒律芝厄運的象徵；毛利人的
鷁首圖騰——短尾信天翁
昂揚著金色頭冠，御風而行
隨著氣流迴旋、傾翼、滑翔、攀升
俯衝——那雪色的流星；風的魔術師
是轉世的水手，蕩遊太平洋上
尋覓 前世漂泊的靈魂

馱負著整座海洋的孤絕
在蒼茫的天宇　底下
在波峰與波谷　之間
在隱密的島嶼　邊緣
北半球的風溫柔地按摩牠們的翮羽
回歸線上的落日　細心地反芻咳血在雲上的哀鳴
是的，儘管身體裡的每個細胞都深諳風的邏輯
而天空的存在還能有什麼意義？
如果「飛」變成一個失傳的動詞
在風的最痛處……世紀末最後的憂鬱
被短尾信天翁顫抖的翅膀　抬高了起來……

註：短尾信天翁，海上的游牧民族；一九三〇年台灣鳥類版圖中列為消失的迷鳥。十九世紀初期興起的羽毛工業，使其族群受到獵人的青睞；於一九四九年曾一度宣告滅絕。目前族群約有四百隻，僅存於釣魚台列島的「鳥嶼」，被日本列為國寶。

——本詩獲第二屆生態文學暨報導獎．新詩貳獎；收入詩集《極品春藥》。

◎作者簡介：

紀小樣，本名紀明宗，1968年生，彰化縣人，南華大學文學研究所碩士班，1980年代中期開始寫作，主要作品為現代詩，兼及散文、小說與兒童文學；現為布穀鳥兒童作文指導老師。曾獲全國優秀青年詩人獎、年度詩人獎、聯合報、中國時報、教育部、吳濁流、夢花、台中縣、大墩、玉山、磺溪、南瀛……等文學獎。著有詩集《十年小樣》、《實驗樂團》、《想像王國》、《天空之海》、《極品春藥》、《橘子海岸》、《熱帶幻覺》、《暗夜聆聽》。

◎導讀：風為何喊：痛！？——紀小樣的〈風的最痛處〉

創作風格多樣的詩人紀小樣，其實提供了文壇一個多樣性的樣本典範。他的詩取材廣泛，上山下海無所不包，重要的是他能以冷澈的理智作為關照的基礎，並不忘在文字中綻放熱情。

風如何會喊痛？是一種對遺憾的呼喊吧。波特萊爾曾把詩人比喻為信天翁，他說：詩人恰似天雲之間的王君，它出入風波間又笑傲弓弩手；一旦墮落在塵世，笑罵盡由人，它巨人般的翼翅妨礙它行走（戴望舒譯）。只是一旦連笨拙的身影都不復見，天空中那王君的雄壯象徵，將會只存在於人類博物館的標本儲藏室，以及懷念的感嘆之中。

詩人將其書寫對象喻為「風的魔術師／是轉世的水手，蕩遊太平洋上／尋覓前世漂泊的靈魂」可見其對航行於海上的水手們是多麼需求的生存信念之憑藉。

（陳謙）

〈紅鳩〉

張信吉

這　完美的愛巢
睡前的約會
期待著輕吻

夏日傍晚
屋後桃花心木
歇著兩隻紅鳩

倦遊歸來
咕咕叫著的聲音
加深小村的寧靜

這是完美的愛巢
睡前的約會
期待著輕吻

——收錄於《笠》詩刊 204 期，頁 22。

◎作者簡介：

張信吉，淡江大學法學碩士、馬尼拉大學教育博士，現任國立台灣文學館副研究員兼組長。曾在行政體系（監察院），媒體（自立報系、自由時報、雲林評論雜誌、TNT 寶島新聲廣播電台、雲林有線電視台），企業界（信鑫公關顧問公司）服務，並曾擔任國小教師、大學講師。

著有詩集《獵鹿遺事》（1986）、《我的近代史》（1997）、《家的鑲嵌畫》（2003），研討會記錄《詩與台灣現實》、曾翻譯 1984 年諾貝爾文學獎詩集《鑄鐘》（1997）。傳記或報導文學則有《虎尾溪傳奇》（2002）、《斗六台地散步》（2003）、《獨眼警探陳坤湖：餘命駁火的男人》（2004）、《斗六市志文學篇》（2005）等書。

◎導讀：夏日涼風的愛情——讀張信吉〈紅鳩〉

古今中外的詩人總是喜歡以情愛為歌詠對象，不管陳述浪漫情愛的追尋，或是寂寞心靈的呼喊，詩人拿捏文字的輕重分寸，其實和真實情愛的濃度往往是不成比例的。愈見濃烈的情感，詩人在善用意象之後，反而見其雋永有味的意境。

詩人吉也以「紅鳩」為名，本以為如「紅鳩」啁啾般熱烈濃郁的愛情為其主題，但詩人在第一句「夏日傍晚」便輕輕吹起了「夏日的涼風」，他似乎在提醒我們，再濃烈曖昧的情愛，也需要走向安定清靜的雋永滋味。

陳謙曾分析此詩，認為詩人寫詩依然多情與善感，不同的是此詩更多了一份穩定的溫存，不再讓情感東飄西盪；在信守承諾當下，詩人說，他要在「夏日」的傍晚，守護「愛巢」的家園。（顧蕙倩）

卷二

時間的召喚

李白在〈春夜宴桃李園序〉中有言：「夫天地者，萬物之逆旅；光陰者，百代之過客。而浮生若夢，爲歡幾何？古人秉燭夜遊，良有以也。」作家當然如一般人，一天24小時，一小時60分鐘，時時刻刻都在時間的軌跡裏度過生命的種種遭遇。但是，作家更是能精確捕捉時間的獵人高手：對於時間的逝去，因爲能比一般人更加敏感與不捨；活在當下的分分秒秒，總擅於體會時間無聲卻巨大的影響力；而對於未及到來的時光，還能如大預言家般的看見即將到來的轉變。

所以，時間的因素，往往是作家創作靈感的織綴工具。它不但可以爲作者理解自己的歷史，還可以將看似支離破碎的創作思維產生互相關聯的有機性聯結。透過時間如絲縷的推移與綴聯，不論是運用倒敘、順敘、插敘或是補敘的手法，以文字所構築的世界得以產生屬於文學作品裏的時間。像愛麗斯所夢遊的仙境世界，只要一旦進入了文字的世界，作者便是時間的魔術師，讀者跟隨著其中的時間脈動而運行自如的閱讀思維的四季。

米蘭昆德拉《小說的藝術》裏寫到：「小說產生了這樣的想望：它想要擺脫個人生命的時間限制，因爲小說直到當時一直被安置其中；它想要把好幾個歷史年代放進它的空間裏。但我無意預言小說未來的道路，我對此一無所知；我只想說：如果小說眞的得消失，那不是因爲他的氣力耗盡了，而是因爲它置身於一個不再屬於它的世界。」

時間，是寫作者企圖貫穿自我心靈與作品世界的重要媒介。我們可以將眼所見耳所聞的眞實世界據實一一抄錄下來，但絕不可能像一台攝影機般按著一分一秒記錄時間流逝的每個過程。所以，寫作者透過時間之眼，想像之心，文字成了有機的結合，閱讀者看似不曾聽到作品中有任何鐘擺搖晃的滴答聲響，其實，寫作者早已將時間的因素悄悄的構築其間。他們可以穿越古今和他所鍾愛的時間會合，也可以挾天飛地讓不可能的山水風情一一擺設案頭。

於是，范仲淹的岳陽樓，酈道元的水經注，駢散相間千古稱道的山水佳景，作者可以因爲忙於紅塵俗物而無法親炙，但憑一方案頭振筆疾書，便能成就千古佳文。個人體悟的情懷與想像的功力終究還是能取代旅行的舟車往返。（顧蕙倩）

愛草

林彧

姑媽不識字，我必須學會這藥草的台語發音——愛草，是嗎？父親卻呵呵笑起。——是艾，不是愛。

我十一歲時，父親四十五歲，十一年後，他去世了。

父親多病，我們那幢木樓裏常漾流著異香的藥草味。現在追想起來，甚至那從天窗流下的陽光都帶有淡淡的琥珀色——像久熬的藥汁般。然而，我們生活得很愉快而且和諧，童年的陽光，彷彿永遠屬於星期天早上——涼沁沁、金澄澄並且是十分閒逸的。

那天，是個不用上學的日子，父親坐在客廳的陰暗角落，天窗撒下一網陽光，斜斜地往我身上羅罩。逆著光，只覺得父親溶在一片鬱綠中；陽光好像用水晶肥皂洗刷過，有些泛白。透過那層氤氳，我竟看到兩枚星子寂寞地發著幽光。

——孩子，到石城的姑媽家幫我拿些藥草回來，好嗎？

傍著父親，看他很賣力地寫出兩個清秀的字：艾草。

——……愛……草？

我試著以台語將這兩個字唸出——姑媽不識字，我必須學會這藥草的台語發音——愛草，是嗎？父親卻呵呵笑起。

——是艾，不是愛。

原來艾草的台語唸法類近：硬漢的硬。

——唸唸看，硬漢，硬草，硬、硬、硬。

艾字六劃，簡單，好寫；愛，十三筆，複雜，難學。初識愛字時，我常不知要將那顆心擺置何處才好，可是，現在簡單的字我反而不懂了——艾草是什麼呢？

手裏握著那張紙條，深怕紙條上的聲音飛了，口中還叨唸著：硬草，硬漢的硬，硬硬硬……我赤足奔往石城，腳板叭噠叭噠拍在清冷的瀝青路上，兩旁是闃寂的古墳，一尊尊墓碑寥落地站著，回望木屋，卻在一片瓦海之中。我背脊突然由下而上竄起一股寒慄：萬一忘了唸法，可怎麼辦？再回望來處，已罩在淡淡的煙嵐中，有人放出鴿子，那鴿子芝麻般起落。

我愈跑愈快，一路都是白花花的陽光。

終於到了姑媽家，庭院裏一隻大火雞雄赳赳地跨步著，我在七里香樹籬下再唸一次：硬草。沒忘記，我沒有忘記！

——阿姑——阿姑——

沒人回答，我便走入庭院，艾草是什麼？我四處張望，只見七里香的小花，像無數白色的星星綴滿綠葉間，空氣中瀰漫那花香，聞來甜甜的。突然，身背後一陣咯咯聲，大火雞！那隻大火雞怒張多彩的羽毛，伸長脖子向我攻來，我嚇得大喊大叫。

——阿姑啊！阿姑啊！

姑媽趕走火雞，摟著我：不要怕，乖，不要怕。

——爸爸要您幫他採些、採些……哦——愛草。

看見姑媽一臉疑惑，我又加重口氣：是愛草，沒錯！爸爸寫了條子，是愛草沒錯！

姑媽叫出大表哥，他拿著紙條很順利地唸出：艾草，阿舅要艾草。

一下子，陽光全都消逝了，我怔楞著，兩頰有涼涼的液體流下，不知是汗是淚，只覺眼眶濕濕的、口中鹹鹹的。姑媽一把抱緊我，像是突然下雨了，我感覺有幾滴溫溫的水打在頸背上。

——這孩子、這孩子……

透過姑媽的臂彎，我朦朧地看見遠遠的那片綠野的草葉全都向我招手：我是愛草！我是愛草！

——一九八二·六·九　台時副刊

◎作者簡介：

林彧，本名林鈺錫，1957年1月1日生，台灣南投縣鹿谷鄉人，世界新專（世新大學）畢業。曾任聯合報校對、記者，中國時報文化新聞中心副主任，時報周刊副社長兼執行副總編輯退休。現回鹿谷經營茶行。

1983年獲中國時報文學獎新詩推薦獎；1984年獲創世紀三十周年新詩創作獎；1985年以《單身日記》獲金鼎獎。林彧的著作以現代詩與散文為主，計有詩集：《夢要去旅行》〔時報出版，1984〕、《單身日記》〔希代，1985〕、《鹿之谷》〔漢藝色研，1987〕、《戀愛遊戲規則》〔皇冠，1988〕；散文：《快筆速寫》〔自立出版，1985〕、《愛草》〔文經社，1986；華成，2002〕等。

◎導讀：隔岸觀火的距離—讀林彧〈愛草〉

如何讓生老病痛的切身問題能夠寫得不溫不火呢？稍一不慎，寫作者可能會讓這四把火燒的文字之平原整個灰飛煙滅！

這就關乎寫作者如何從現實的情事出發，卻能懂得為閱讀者開出一道隔岸觀火的距離。「艾草」與「愛草」，一字之隔，也是一音之隔，讓作者對父親的愛化為情感的甘草。

「艾草」是一種中藥，可以作為療病的藥草，十一歲的孩子卻總是生澀得喚成「愛草」；「艾草」在一個十一歲孩子奔去姑媽的路上，懸念在心也緊咬在口。待到了姑媽家，帶出口的卻仍是孩子熟悉的「愛草」，雖然姑媽聽不懂，可讀者卻了然於胸，喚著的那個十三畫的字，才是孩子心底深深烙印的字呀！（顧蕙倩）

零界點

顧蕙倩

櫻花趕緊垂手示意，
就這青綠熱情的島嶼，零度以下的
都是甜膩商品

春天開卷的大地，點讀
香草冰淇淋
短裙和夾腳拖，你一口我一口
櫻花樹下緋紅點點，成一口。
隨行都是朱墨爛然的歡愛男女
一口一字，極短篇小說的高潮情緒。
三月三日天氣新。

詩人開卷吟詠，長安水邊多麗人
住在公園大廈十三樓，詩人步行下南山
只顧低頭吟詠，紛紛白雪，
何所似。櫻花趕緊垂手示意，
就這青綠熱情的島嶼，零度以下的
都是甜膩商品
入口即化。來不及成詩。
你總得裝扮成行道樹頭
白色翅膀的
精靈，手持柳枝任空氣
御風而行。

小說家仍繼續製造滿地

高潮，城市
有你，可以飛翔，可以擁抱
南國的體溫，
沒有北國的冷峻。

⊙原載：顧蕙倩〈旅行的鐘〉部落格 http://blog.ylib.com/kuwawa1020/Archives/2010/03/06/14163

◎作者簡介：

顧蕙倩，國立台灣師範大學國文系畢業、淡江大學中文研究所碩士，佛光大學文學研究所博士。大學時期參與師大「噴泉」以及「地平線」詩社。曾任迴聲雜誌採訪編輯、中央日報副刊編輯、新觀念雜誌特約採訪編輯、國立台灣藝術大學兼任講師。現任國立師大附中國文科教師，兼任銘傳大學應用中文系助理教授。

作品曾獲師大噴泉詩獎、台北詩人節新詩即席創作首獎、2009年第一屆大學院校詩學研究獎學金。出版有劇本《追風少年》，散文集《漸漸消失的航道》、《幸福限時批》，詩散文合集《傾斜／人間的喜劇》，詩集《時差》，論文集《蘇曼殊詩析論》《台灣現代詩的浪漫特質》等。

◎導讀：不安的跨越——顧蕙倩〈零界點〉賞析——

零界也代表臨界，有一股跨越與裹足不前的遲疑。詩人幸賴想像力的護持，可以點讀如春日舒卷的大地，也可以捧讀小說裡緋紅點點的衝突快意。

但真正的詩還是源自於生活，走出戶外看柳絮迎風翻飛，在空氣中綻露舞姿，才是生活中無言的大美，真正的溫暖其實來自於可以擁抱的體溫，那才是具足的愛，當下的真實才會是永恆。

零界如果只存在於想像，永遠都是一種冀望，而一步跨出，自是夢想踏實的開端。（陳謙）

雨中行

白家華

像是走在人生道路上的其中一段啊！
晴朗或陰雨，無法讓我選擇；
因此也就逐漸地養成了臨危不亂的定性

雨水突然降下，且有愈下愈大的趨勢；有些路人露出了驚慌的臉色，他們跟我一樣，在途中並沒有攜帶任何雨具。是啊！生命裡難免會有這樣的時刻，冷不防的，一場艱難的挑戰就這樣迎面而來了！而且，退卻與前進，兩者所必須付出的代價都是一樣的高昂！但是至少，我已學會了這個道理：驚慌是無濟於事的。

邁入中年的我，心緒不再容易被外界擾亂；即使被擾亂了，也能夠及時的平息下來；如今的我，經歷過的許多磨難已經涵蓋了精神上的與肉體上的，於是心靈獲得了增益；即使再一次的面對龐大的困難挑戰，相信，也會有一份屬於自己的深沉的冷靜。

如今，已經能夠多角度的看待任何一件事情；即使走在雨中，走在或強或弱、或急或緩的雨裡，我已不再像以前那樣有些驚慌了，而能夠擁有一份愜意，來靜觀雨中景物的朦朧之美，來緩和我在雨中獨行的孤獨。

走在雨中，多麼像是走在人生道路上的其中一段啊！晴朗或陰雨，無法讓我選擇；因此也就逐漸地養成了臨危不亂的定性；有朝一日，如果爲了必要的奉獻，包括踐履愛的承諾，即使再大的風風雨雨，也有足夠的勇氣去穿越！

穿過雨陣，回顧來時路，會被淋溼的，只是身上的衣物吧？而心頭上的那一方隱密的角落啊！永遠都是晴朗與靜美的。

⊙原載於《人間福報・副刊》2009年5月7日

◎作者簡介：

白家華，男，生於台灣台南，長於桃園，祖籍貴州。逢甲大學企管系，政治大學學士後教育學分班結業；曾任台北耕莘青年寫作會理事，河童出版社總編輯，國中、小作文班資深教師。「新陸」詩社同仁。

文學作品曾獲吳濁流文學獎、全國優秀詩人獎。

出版有詩集八部：《群樹的呼吸》、《蟬與曇花》、《陽光集》、《春雨集》、《你的彩蝶來到我的花園裡》、《讓你的愛停留在我心上》、《一百篇愛的詩歌》、《清心集》。另出版有《引導式作文》、《資優生作文實用課程十六回》之作文專書，且已著有詩集《吉祥集100篇》、《太陽集》、《彩蝶集》、《喜悅集》、《友情集》等二十餘部。

◎賞析：生命思索與洞見——白家華的〈雨中行〉

白家華說：生命裡難免會有冷不防的的時刻……，「退卻與前進，兩者所必須付出的代價都是一樣的高昂。」

這篇哲理散文的寫作，仍不改其詩人本質，以詩的意象來烘托氛圍、用極簡而明快的陳述與描繪來敘說心情感悟。

白家華在散文詩的寫作上早已卓然成家，有「台灣泰戈爾」的美譽，雖然他對這稱號嗤之以鼻，認為那只是一種外在的聲名，聲名反而令人腐化。

知悉詩人創作源頭動力的來源，其實是內裡無法令自己滿足的——對文本的創新。在雨中，詩人被淋濕的，只有身上的衣物，其心智卻越見清朗，只因詩人要在形式與語言上尋找新的質素、新的洞見、新的反思。（陳謙）

陪父親看失空斬

須文蔚

站在滿天烽火的城樓上，身後
是和他一起潰敗渡海來台的弟兄，面前
是如雹暴般落在平野的刀光

陪父親看失空斬
在馬謖立下絕命的軍狀
昂首走進史冊前，來不及惋惜
我已屈從於昨日加班的勞累
睡倒在沙發上
夢中猶是光棍的父親羽扇綸巾

站在滿天烽火的城樓上，身後
是和他一起潰敗渡海來台的弟兄，面前
是如雹暴般落在平野的刀光
鑼鼓點，一聲聲把恐懼折疊在石藍色鶴氅中
談笑間，以一張琴洗滌眾人耳中亡靈的哀嚎
父親把滴著血的劇本一把給擰乾
拋給戰後出世的我

我撿起腳本，跑著龍套
望著退卻敵兵的父親揮去滿臉的驚險
急忙調兵遣將
張羅柴米油鹽
與海島上不共戴天的偏見搏殺
廢棄一座空城

建築新的城鄉

我拋開腳本，跑著龍套
貪婪地撿拾戰利品，全副武裝後
成爲蜀軍的逃兵。在風中依稀聽見
久未票戲的父親唱道：
「閑無事在敵樓我亮一亮琴音，
哈哈哈……！
我面前缺少個知音的人。」
過門中加小鑼一擊
司馬懿還來不及唱西皮原板
我讓父親的寂寞給敲醒

⊙原載「噓！用文字餵食部落雞」http://blog.chinatimes.com/winway/

◎作者簡介：

須文蔚，台北市人，政大新聞研究所博士。現任國立東華大學中國語文學系副教授，兼任數位文化中心 主任、花蓮縣數位機會中心（DOC）主任、財團法人公共電視基金會董事、行政院青年輔導委員會委員、《詩路 ：臺灣現代詩網路聯盟》主持人。

文學創作曾獲中華民國新詩學會「優秀青年詩人」、創世紀40週年詩創作獎優選獎，86年度「詩運獎」、創世紀45週年詩創作推薦獎、五四青年文藝獎、94年度中國文藝協會文藝獎章。

著有詩集《旅次》、文學研究《台灣數位文學論》、《台灣文學傳播論》（二魚文化）、編著《文學@臺灣》（相映文化）。目前從事數位文學實驗，建構網站《觸電新詩網》。

◎導讀：莫可奈何斬馬謖——須文蔚〈陪父親看失空斬〉

戲劇反映人生的現實，劇本中的人物自然也投射出觀者的情感樣貌。渡海來台老兵的落寞與寂聊，對比著戰後出身，因不敵加班的勞累，睡倒在沙發上的作者。柴米油鹽的爭逐，形而上的激辯與對抗，才是現實生活真正的場景。作者遁入夢中重現歷史歷歷在目的場景，以古諷今，夢裡的人生看來才像是真實人生的遭際。

揮淚斬馬謖，除卻不捨，更多的是時代環境下的莫可奈何。（陳謙）

本能

袁哲生

狗又回來了。這次可沒有人來幫牠開門了

新家不能養狗，搬家前夕，妻要他把狗帶去丟了。

連續一個禮拜，每天早上，狗還準時出現在門外。

「一定還不夠遠。」妻說。

最遠的那一次，他也沒有回來。

儘管毫無線索，妻還決定出發去找他。

狗又回來了。這次可沒有人來幫牠開門了

⊙原載：---http://mypaper.pchome.com.tw/yuanjason/post/3791187

◎作者簡介

袁哲生（1966年2月9日—2004年4月6日），生於高雄岡山。中國文化大學英文系，淡江大學西洋語文研究所。曾任自由時報副刊編輯與《FHM男人幫》雜誌總編輯。2004年4月5日，曾被認為是文壇明日之星的他，疑因憂鬱症自殺辭世。

◎導讀：好想回家——讀袁哲生〈本能〉

雖是極微型小說，其情節延展性足夠拍電影一部。「他」、「妻」、「狗」三者共同的關係極為弔詭，到底誰是另外兩者的「第三者」呢？

他帶狗離去，為了新家只能擁有兩個人的關係，他必須丟棄狗，沒想到卻和狗一起消失。他去了哪裏，為何沒有回來，小說的懸疑如留白，讓「家」和他自然產生莫名的疏離。妻出發去找他，狗卻先他們回到家門，這全仰賴狗認路的本能，本能雖有，卻仍回不了家，因為真正的家庭成員已經不存在。

認路是狗的本能，回家並不困難，但是人呢，連認路回家的本能都喪失，家成了不得其門而入的空殼子，令人不勝唏噓。（顧蕙倩）

神木

陳慧樺

任雲靄在你髮際築巢
你仍木然雖則你已輪迴了百代

這麼顫巍巍地刺向遼垠的天空
年輪似沙塵從耳際沖沖流過
一年只像一陣毫無威力的風
一年只像一片飄落泥塵的葉子
你屹立　你呼吸　你茁長
三千年只是昨日的夢
一覺你便醒目蝶蟻之國
老聃騎驢出關時你還幼稚

你同沐李白時代的月華
你必無動於蒙古的凜凜威風
任西伯利亞的寒流從額際掠過
任雲靄在你髮際築巢
你仍木然雖則你已輪迴了百代

就這麼巍然地刺向蒼穹
我伸長了頸項仰望你
日月精華餵哺你的魁梧
蒼鷹築巢你身際的偉大抱負
而三十年後
　我是蜉蝣抑是樹？
面對這崢嶸的一株
　我噓然

——收錄於《我想像一頭駱駝》（台北：萬卷樓）頁55-56

◎作者簡介

陳鵬翔，1942 年生，台灣詩人、作家、翻譯家、英語文學研究者、教師，筆名陳慧樺。在馬來西亞出生長大，祖籍中國廣東潮州府普寧縣（現在揭陽地級市普寧市）。國立臺灣大學碩士、博士，國立臺灣師範大學、世新大學、東南技術學院、德明技術學院、佛光大學（現任）教授。

著有《文學創作與神思》、《雲想與山茶》、《主題學理論與實踐——抽象與想像的衍化》、《我想像一頭駱駝》、《在史坦利公園——人文山水漫遊》等書。

◎導讀：雄渾之樹——陳慧樺的〈神木〉

這是一首讀來令人靈魂也巍然聳立的詩，當是詩人陳慧樺最具「雄渾」詩風的代表作之一。

其好友古添洪教授在《我想像一頭駱駝》序言裡提及：「陳慧樺詩裡，尤其是在本詩集裡的陳慧樺，相對於其青澀的求學時期，其氣質更趨於成熟與雄偉。無論是用詞、寫景、抒情、與視野，都與靡弱、纖細有所區隔。」（頁 10）似乎詩人陳慧樺亦深覺「雄渾」之美學觀念更能撼動人心，便發而為詩，成就篇章。

從來人們總是在渺小與自大之間豎立一己為人的威信與尊嚴，尤其在面對一株又一株的參天古木巍巍然矗立天地之間，那種自我衝擊與洗滌的作用便油然而生。此詩透過詩人深厚精純的中國文化涵養，浸潤一己人世的歷練，參透出大自然物外之趣，讓讀者隨著詩人之心彷彿莊子的大鵬鳥與鯤，逍遙於天地之間，直逼「雄渾美學」的極至。

然而，更令人動容的是，詩人畢竟懂得直視人類的終極宿命，讓詩的境界百轉千折，令人唏噓不已。（顧蕙倩）

月光廢墟

羅任玲

低下頭的我
只看見時間的陰影
微微　笑著

被海遺忘的一個字
暈黃地
懸在時間之上
其上是更爲暈黃的
一個月亮

被寂靜追的

我的童年
像風帆一樣
慢慢跑著
終於越過了雲霧
來到昏暗的家

那時煤油爐正嗶啵響著
母親喚我回去
秋夜的樹叢
有什麼安靜棲止
「是一面鏡子啊」
低下頭的我
只看見時間的陰影
微微 笑著

多年後
我才知道
那是月光的廢墟
孩子們撿拾了碎片
就再也無法回答
遠方的呼喚

而被海遺忘的母親終
於忘了我的小名
無人的果園
有誰仍在低頭探問
光陰的　跡

——1999.12.14 聯合報副刊

◎作者簡介：

羅任玲，台北市人，祖籍廣東大埔，國立台灣師範大學國文系、所畢業，曾任職於新聞界，現為自由作家。曾獲師大文學獎新詩首獎，耕莘文學獎新詩、散文、小說獎，梁實秋文學獎散文獎，作品曾收入海峽兩岸多種選集。著有詩集《密碼》，及報導文學、小說、極短篇等多種

◎導讀：暗影的童年——讀〈月光廢墟〉

誰說成長對每個人而言都只會熱切的期待長大呢？急於長大，也代表著急於與童年輕易揮別，月光、廢墟和層層的雲霧間，詩人看見的是時光流逝背後的陰影。即使成長的回憶中微微笑著的仍是時光的陰影，這般笑容卻隱含著詩人對昔日不捨的眷戀。

海象徵著流動的生命時光，「懸在時間之上／其上是更為暈黃的／一個月亮」，月亮懸在時間之上，似是暗示著生命中有些美好的風景能超越於時間之上的。因著對過往的珍惜，詩人總不時聽到母親在呼喚著她，而這呼喚卻一路引導她看見鏡中現實的自己。孩子們一路撿拾著月光的碎片，美好的回憶正逐漸一一崩落中，包括詩人的母親和自己，童年回憶已逐漸被「遺忘」所取代，終至在無人的果園任果實生長復崩落，生命似也因無人問起時間的軌跡，而得到生命消長之間的圓融狀態。（顧蕙倩）

這世間所有的快樂

顧蕙倩

回想的時候很美，
其實在心裡
卻什麼也看不見。

Dear Doris：

有許多的事情，如今回想起來只是如一山繚繞的雲霧。

Doris，回想的時候很美，眞的，其實在心裡卻什麼也看不見。

有時想想，會不會其實是自己並沒有耐心的等到雲霧一一散去，即失望的以爲眞的什麼都看不見，或是，眞的主動走近那雲霧裡，與山同在呢？

不能否認的，它們畢竟是生命中一些不大不小的遺憾，是嗎？Doris。

昨天，我來到海拔2000公尺的太平山，呆立在無所謂邊際可言的厚重雲霧前，以爲我眞的還是什麼都看不見。前面是我心儀已久的翠峰湖，因爲牌子上是這麼寫的，但我實在無法相信眼前的事實，因爲我的眼睛告訴我，那並不是我心裡迴繞了千百次的湖光山色，那只是，一團迷離又迷離的濃霧。

它們正無情的鎖住了眼睛所能證明的一切事實。

還有三三兩兩的旅人陸續到達，也不時的在我的身邊發出了或大或小的嘆息聲。我聽著這些聲音，心裡想著，或許他們每一個人的心中，也和我一樣帶著一幅幅美好的想像，不辭辛勞的翻山越嶺來到這裡，只爲了能證明些什麼吧！我不知道他們心中究竟藏著怎樣絕美的期待，所以，讓他們在面對迷霧鎖住一切的此刻終於忍不住嘆息，但是我的，我知道，在還沒有抵達這裡以前，我一直充分的享受著我對翠峰湖的想像。

終於看到是好，還是永留給想像的好呢？Doris。

畢竟，充分享受想像的我，還是終於選擇來到它的面前呀。

畢竟，對樂趣的體會和對樂趣的感覺，這兩種層次的樂趣其實並不相同，就好像爲心愛的人朝思暮想，心裡充分享受的是體會的本身，來自於體會等待本身的歡愉和想像對方的無邊無際；一旦眞的能夠有機會站在心愛的人面前看著他抱著他親吻著他，那種終於衝破想像漩渦走進現實世界的當下心情，便是一種絕妙的感覺，眞的，站在心愛的人面前，與他四目相對的當下，只能作一瞬間的單位計算，一切的過去都還來不及體會，因爲，等待的過程實在太漫長了，漫長到千迴百折漫長到疊床架屋漫長到畫蛇添足，此時此刻，能與他在一起，只能貪心的擁有對當下的強烈感覺。

Doris，或許，現實世界還不如想像漩渦裡的一點波瀾呢。

這就讓我想到赫曼赫塞說的一段話了，「寫一首壞詩的樂趣，其實是遠大於閱讀一首好詩的。」，他是這麼說的。這句話其實是內含著莫大的矛盾的，因爲，那本是兩種截然不同層次的樂趣，如今卻被一個大文豪綑綁在一起硬加以比較，實在讓人覺得對這兩種樂趣極爲不公平，這句話最大的作用就僅止於一件事，就是能夠看出赫曼赫塞的莫大快樂，主要還是來自於對創作本身過程的體會吧。

無法比較的世間所有的快樂呀，Doris，本來是不需比較，也不適合比較，人們呀，卻無法不想一一的體會或是感覺這世間所有的快樂。

至少，貪心的我好奇的我是如此想的。

所以，我還是選擇繼續的站在一團迷離又迷離的濃霧前，祈禱雲裡的冬陽能夠助我一臂之力，輕輕掀開神秘的想像，讓我眞的能夠親眼看到心目中盪漾了許久的湖。

當旅人們都帶著些許複雜的神情一一離去，我仍然還是在這等著。此時的等待，已經不再像當初決定前來這湖，是爲了要證明些什麼遙不可及的想像了，Doris，只是在這一次的旅程中，自然走到了這裡，就自然的留了下來，看看山，看看湖，看看大自然在深山裡展現的圓滿自足，如此而已吧。也許，等一會兒霧就會慢慢的散去，也許，一整天都仍是深深的霧，隨著天色漸漸黯淡，我勢必還是要帶著原來的想像離開這湖。

原來，這世間所有的快樂呀，是一條長長長長的路上俯拾即是的美景，實不需要一層一層隨著高度的增加由比較才能得來的湖光山色。Doris，我想到，在山下一路的想像是一種快樂，行在山中蜿蜒而上追尋雲端是一種快樂，終能走到深山，親近湖面，也是一種快樂。因爲，看得見眞貌，是一種覺悟的快樂，看不見眞貌永留想像的空間，更是一種欣賞的快樂。

Doris，妳一定很好奇我到底是看到了翠峰湖的全貌了沒呢？我在這裡，我在那裡，我想我是看到了許多許多我的翠峰湖。

蕙倩

◎原載《幸福限時批》，台北：唐山，2007。頁51-55

◎作者簡介：

顧蕙倩，國立師範大學國文系畢業、淡江大學中文研究所碩士，佛光大學文學研究所博士。大學時期參與師大「噴泉」以及「地平線」詩社。曾任迴聲雜誌採訪編輯、中央日報副刊編輯、新觀念雜誌特約採訪編輯、國立台灣藝術大學兼任講師。現任國立師大附中國文科教師，兼任銘傳大學應用中文系助理教授。

作品曾獲師大噴泉詩獎、台北詩人節新詩即席創作首獎、2009年第一屆大學院校詩學研究獎學金。出版有劇本《追風少年》，散文集《漸漸消失的航道》、《幸福限時批》，詩散文合集《傾斜／人間的喜劇》，詩集《時差》，論文集《蘇曼殊詩析論》《台灣現代詩的浪漫特質》等。

◎導讀：快樂需要實踐——讀顧蕙倩〈這世間所有的快樂〉

日記體的私語寫作，最能瞬間將讀者帶臨現場，透過語言文字的「不隔」，彷若己身在說話，而讀者，就是作者傾訴最直接的對象。

對美好的起心動念，就是一種浪漫情懷的踏查與修行。顧蕙倩在現實與夢想間走索，一直以為目標的前方就是快樂的源泉，也許正如作者到了翠峰湖時難掩的失望一樣，現實多半令人卻步。作者進一步引證赫曼赫塞說的「寫一首壞詩的樂趣，其實是遠大於閱讀一首好詩的。」其間的趣味，其實在於過程的參與。

如果堅信，世上真有一種美好，那麼在想像的當下，一種決定促使行動上的實踐，使浪漫不再是腦袋中的想像，我們便可知道，浪漫其實更需要一種實踐的勇氣，不管未來的現實，將如果挫傷想像。（陳謙）

地景寫作

卷二

文字書寫是對形象思考的最佳輔助工具，透過描繪與形塑，我們得以看見事象背後的象徵意涵，只有豐厚的人文思考，才符合人性最根本的需求。

文字書寫來自於人類最根本的需要，際此，文字從生活中來，自然也要如實地回應生活。

地景寫作是對形象思維最爲具體的表現，寫作則是思考對形象的反省與給出。

地景書寫所關注之焦點有如下方向：

（一）從環境體驗出發，以觀察爲核心，以自身爲觸角。著重文字與圖像之關連性，藉由敘述與描繪，全景與特寫的鏡頭語言呈現地景的特徵與風貌，希冀同學們能自文字中獲取空間物象與時間環境其間奧妙之有效掌握。

（二）踏查與紀實，藉由文字的紀錄與想像，探索出事件情節背後的眞實與象徵。藉由自然書寫，旅遊書寫，城鄉書寫的文本閱讀，期能充分體現作品書寫的價值與內涵。

任何學理有其操作性定義，對於新興的「地景寫作」學門，其定義試表列如下：

書寫類型	敘述觀點	備註
旅遊書寫	以我觀物（移動中的人，第一人稱）	觀察者短暫遷徙或停留
城鄉書寫	以我觀物（第一人稱，亦可第三人稱）	觀察者以所在地爲居所
自然書寫	以物觀人（第三人稱，亦可第一人稱）	移情→物皆著我之色彩
企劃文案寫作	揉合各種書寫類型	言簡意賅，修辭

書寫是情感與智慧的沈澱，作爲一位傑出的文字爬梳者，當然是一位敏於觀察的藝術家，但別忘記，藝術同時也是技術，有了技術才有藝術完美的呈現。文建會近年來爲倡導在地書寫，專注於一鄉一特色的文學「地景」，其實也就是景觀

學的核心價值。文學與景觀學都強調以人爲本的教育內涵，其本質可謂不謀而合。

本章節所選錄之文章著重於文字對景觀的描繪與探索，並書寫出對土地與環境的憂慮與期待，表現手法各有千秋，著實豐富了地景書寫的文本內涵。筆者試將地景書寫簡化爲以下關鍵詞，希冀能有拋磚引玉之效力，並請同學與諸位師長大德，不吝指正爲荷。

地景寫作原則：從自身情感出發→直接的經驗→間接之訊息→文字書寫（知感交融）

- 城鄉書寫→居所→人與社區
（報導傾向的地誌書寫，文明的現在過去與未來）
- 自然書寫→環境→自然與人
（物擬人，儆醒與啓示）
- 旅行書寫→移動→人與變遷
（感懷，遊歷，生命之過客）

地景寫作課程教學目標：環境觀察與體會→形象思維訓練→文字描繪→故事敘事。

- 感情（情緒的逗引）→美感的基礎→藝術的技巧與控制（媒介：文字，圖像等）
理性與感性兼具。（陳謙）

穿過臭水四溢的夜市

郝譽翔

然而我真的離開了嗎？
在離鄉近二十年後，
我卻忽然不那麼確定了起來。

北投市場並不算大，但或許是年代久遠——據說從日治時代開始，新市街就聚集了上百個攤位，也或許是因爲靠近昔日的屠宰場，他們利用市場旁的一條磺港溪，來清洗宰殺後的豬隻，所以在我的記憶中，北投市場彷彿一直瀰漫著濃重的腥味，黏稠又烏黑的泥水，流淌在密密麻麻的攤位之間。

不知從何時起，磺港溪就用水泥覆蓋起來，成了一條磺港路，路中央也成了一座小小的停車場，無人管理。大家都知道路底下是一條溪水，但卻故意把它忘掉，彷彿流過那兒的不是溫泉，而是排放市場殘渣的臭水溝，所以要掩起鼻子快步的走過。走過狹窄的磺港路後，就會看見市場的正對面有一間小小的瓦斯行，那裡就是李宗盛的家。

1989年，六四天安門事件，學運之火在海峽兩岸熊熊的燃燒，而那一年我二十歲，正在讀大二。年底，滾石集合旗下重要的歌手，推出《新樂園》專輯，英文的名稱是Peace Land，和平的樂土。在這張專輯中，李宗盛唱起了〈阿宗三件事〉，他唱：「我是一個瓦斯行老闆之子，在還沒證明我有獨立賺錢的本事以前，我的父親要我在家裡幫忙送瓦斯，我必須利用生意清淡的午後，在社區的電線桿上綁上寫著電話的牌子，我必須扛著瓦斯，穿過臭水四溢的夜市，這樣的日子在我第一次上綜藝一百以後一年多才停止……」

我聽了不禁潸然落淚。沒錯，那確實是一座臭水四溢的夜市啊，然而我也是被那座市場餵養長大的。到了晚上，白天賣菜賣肉的攤販便搖身一變，燈火輝煌了起來，改賣宵夜、衣服和琳瑯滿目的小首飾。賣藥的班子就在礦港路停車場的空隙間，搭起了一座簡陋的舞台，我曾在那兒看過各式的雜耍和氣功表演，而成了我人生中最早的劇場經驗。有一回，還有人來展示雙頭蛇。那是一個又黑又瘦的男子，拿著一只長方形的小鐵籠，用布遮起來，神秘兮兮的說籠子裡有一條雙頭蛇。他說得天花亂墜，竟也把我給唬住了，足足站在那裡一整晚，看他賣藥，結果藥是全賣光了，但布卻始終只是掀起一小角，就又趕緊放下，籠子裡有黑影在不安的蠕動，但我到底是沒有瞧見，那一條雙頭蛇究竟長得什麼模樣？

夜深了，賣藥的男子不慌不忙收起小桌，熄滅燈光。晚風吹來，市集的人潮散去，只剩下一地的紙屑和空塑膠杯冷冷的飛舞。我盯著男人的背影和他手中的鐵籠，卻沒有勇氣追上前去，請他給我看一看雙頭蛇？只要一眼就好。但或許男子也是為了我好，因為讀過孫叔敖故事的人都知道，看見雙頭蛇是不吉利的，會死的。

又有一天，瓦斯行門口停著一輛黑色大轎車。市場一帶從沒出現這麼豪華的車子，引起不小的騷動。果然是李宗盛回來了，正在和家人話別。那時的他早已是個大明星，我躲在騎樓遠遠的看他，好像做夢一樣。我看著他坐進駕駛座，駛著閃閃發亮的汽車，艱難地穿過臭水四溢的夜市，然後消失在好奇的人群之中。那時才二十歲的我，非常篤定自己一定會跟他一樣，離開這裡，走上一條北投之子大多會走的道路。然而我真的離開了嗎？在離鄉近二十年後，我卻忽然不那麼確定了起來。

⊙原載：http://blog.chinatimes.com/haoyh1021/archive/2009/11/26/450715.html

◎作者簡介：

郝譽翔，台灣大學中文博士，現任中正大學台灣文學研究所教授。著有小說集《幽冥物語》《那年夏天，最寧靜的海》、《初戀安妮》、《逆旅》、《洗》；散文集《一瞬之夢：我的中國紀行》《衣櫃裡的秘密旅行》；電影劇本《松鼠自殺事件》；學術論著《大虛構時代：當代台灣文學論》、《情慾世紀末——當代台灣女性小說論》、《儺：中國儀式劇場之研究》、《目連戲中庶民文化之研究》；編有《當代台灣文學教程：小說讀本》等。

◎導讀：雙頭蛇說故事—讀郝譽翔〈穿過臭水四溢的夜市〉——

郝譽翔是一位說故事的能手，小說人物經過她的筆下總能適得其分的扮演自己，劇情的發展也像角色自己流暢自如的表現著。這篇散文吸引人的地方，就在於作者讓角色人物在這個臭水四溢的北投市場自己演了起來，不管是神祕的賣藥男子、走紅的李宗盛、甚至是作者自己。

北投位居台北邊陲，一般人寫到北投總不能免俗的談到溫泉、山城或是女巫之鄉。那樣的介紹容易讓人了解北投的景觀風貌，但卻缺乏人文生命的軌跡，沒有人物的走動，舞台顯得空洞無趣。一個臭水四溢的市場卻成了生命流動的最佳場景：一個流行界歌手的發跡，寫出老北投成為一個遊子返鄉的生命原鄉；從外地來賣藥的男子，無形間讓北投市場成了孩提時代原始的劇場所在；作者雖然終究是離開了北投，一如大部分的北投之子，但是家鄉的鮮明記憶，不管是味覺上的臭水四溢或是視覺上的琳瑯滿目，都在她的生命終成為永不磨滅的記憶。

（顧蕙倩）

莢

黃昱升

愛或
不愛
收合，收合成
莢

我們都是冬天樹上的莢
懸吊著未完成與
未來
啊，沉澱黃昏含羞似地等待
不知不覺濃蔭夏日
葉隙、陽光、脈與露珠
竟琉璃昨日無瑕

而恣意成長的
年輕與老去
都無聲無息
安靜地談論愛或
不愛
喧囂、吶喊與奔放
收合，收合成
莢

◎作者簡介：

黃昱升，一九八七年生於彰化，現就讀國立臺北教育大學語文與創作碩士班。本書收錄作品曾獲2008年國立台北教育大學「校樹——大葉合歡」新詩徵選比賽首獎，校外文學競賽曾獲第二十九屆耕莘文學獎小說、新詩雙料首獎。喜歡抱怨諸如買了一只怎麼洗都油的泡麵碗，找不到一隻好寫的筆這樣的事。目前最大的願望是發現有人在他面前在圖書館的書上劃線筆記，他打算插小人。作品結集中。

◎導讀：時間之樹——讀黃昱升〈莢〉

時間是個魔術師，任誰都無法逃脫她的一指點化，可令人不察的是，這樣的改變往往是在不知不覺間安靜的完成，待發現時，生已走向了死，而生命其實又將歷經一次的輪迴。作者以國立台北教育大學校園裏的一棵大葉合歡為摹寫的焦點，並將特寫鏡頭聚焦於「豆莢」之上。

時間的遞嬗在這首詩裏具有推移意象的作用，以豆莢的開與合借代校樹的成長，像是默默的守護著校園的莘莘學子，一同成長，也一同老去。年輕的生命一年一年的年輕與老去，而大葉合歡的豆莢仍年年陪伴校園一隅，收合成莢，也收合成記憶。豆莢外與豆莢裏彷彿是兩個截然不同的世界，作者輕描豆莢收合的動作，卻開闔一扇耐人尋味的記憶之窗。（顧蕙倩）

夏日在嘉義平原

嚴忠政

你知道的
我掛在北迴歸線晾乾的衣物
像無菌而貼身的愛

閉起眼睛懷想
有細雨自梅山飄來
你張開手掌，掌心就是平原
彷彿有作響的牛鈴
被雨，或者我的鍵盤敲醒
而牧者盡皆老去

故事都老了，沒關係

沒關係，所有熟黃都曾經孤寂
你知道的
這是命定也是沃土
吳鳳走了，吳剛還在
我們繼續在自己的夢裡耕作遠方
看夕陽在水上機場降落
回憶的甜度會像甘蔗那樣千頃排開
並讓眉睫收割

這不是洪荒以來的第一個夏至
你知道的
我掛在北迴歸線晾乾的衣物
像無菌而貼身的愛

——嚴忠政《黑鍵拍岸》，綠可，2004

◎作者簡介：

嚴忠政，南華大學文學碩士，逢甲大學中文系博士班，著有詩集《黑鍵拍岸》、《前往故事的途中》、《玫瑰的破綻》。曾獲第24屆、第25屆「聯合報文學獎」，第27屆、30屆「時報文學獎」，第5屆、第6屆「宗教文學獎」及文建會「台灣文學獎」、教育部文藝創作獎等。

◎導讀：回憶如蔗——評嚴忠政〈夏日在嘉義平原〉

透過閱讀文學作品來閱讀台灣，這不僅是一種閱讀的享受，更是另一種旅行的享受。

地誌書寫滿足一般人無法四處旅行的遺憾。但是一篇優良的地誌作品，不是一篇旅遊導覽誌，只讓讀者看到地景的風貌特色，卻無作者美學藝術性的深刻處理。嚴忠政〈夏日在嘉義平原〉一詩，透過回憶鏡頭的長距離，讓嘉義平原的綿綿細雨飄得浪漫，更飄得唯美。

牧者會老，回憶也是會老的，一如詩人所寫的，再驚艷的沃土，旅人也終將離開，回到來時路，一切終將成為握在掌心的回憶。但是，有些東西是永遠帶不走的，即使旅者已經背起行囊離去，它們仍會隨著生命理想的夢土而更添滋味，只要讓眉睫一一收割，「回憶的甜度會像甘蔗那樣千頃排開」，帶不走的，詩人說，曾經「無菌而貼身的愛」，終將永遠與大地共同飄揚。（顧蕙倩）

恍惚三疊

張國治

我們礙於現實都難以啓齒說出的祖國，
就如同我那難以啓齒的愛。

一、難以啓齒的愛

1.

「再往前走，就可以看到你們金門了！」

二〇〇四年二月十日，在廈門曾厝垵海濱沙灘上，廿一歲的小祝遙指著前方的海，對我說。

我恍惚，不知置身何處？眼前是海，冬日碧藍的海，那種溫暖的太陽，強烈陽光照耀，沙灘上錯置的枯樹枝幹，綣勾纏繞憑添了這沙灘空寂，駁船沉睡沙灘，白雲漂浮，哨站警衛這一隅，再沒有什麼不同了！這一切是有些像故鄉金門的！或者像台灣南方某處濱海，但這裡是廈門。

白光讓我恍惚，時空飄忽，我怔怔回答小祝：「在金門也可以看到廈門！」我心虛的說。具體來說，過去在金門那些從望遠鏡或肉眼看到的景象，別人指示於我的方向是大陸是廈門，我一點也沒印象，數年前，到黃山旅遊後回程，在廈門胡里山砲台看金門，那種怯怯心境至今也渺然不可捉摸。海市蜃樓或殘像，白花花恍惚閃動跳躍，如此刻白光下的海灘！

2.

陽光大剌剌照在銀白海面，細碎銀波閃爍不停，越過海域，我已經替換身份，開始想念你了！白剌剌陽光變得熾烈，溫熱！我倚靠船沿，思念變得如海上銀光，一切都是誘惑。想想，看看幾頁書，寫寫手記，打一個盹，金門就到了。

我在金廈海域的中線，被迫作了選擇，迅速換回了我的身份，在海峽的中間，交換著不同的紙鈔，海的那頭迅即變成了遙遠的神秘。一切變得曖昧未明、不確定。想想，如果沒有內戰因素，我們將有一樣的身份，但我們一降臨人世，即被迫作了選擇。這海域的中線竟然成為切割兄弟島嶼的利刃，忿怒的海，平和的海，其實都一樣是無辜的，但這海域由人為因素決定了我們的身份，我們的往返。

像鳥群一樣，爲了生存，展翅向可以覓食的地方飛棲，你我的命運卻又多了一層選擇。

我們被迫選擇了身份認同，回返祖國，連我們礙於現實都難以啓齒說出的祖國，就如同我那難以啓齒的愛。

我們都會擁有相同的命運？

被迫選擇之後，我也祇能隔著一灣海域，遙遠想著你，對望著你！

要不是歷史內戰因素，你我便無須分區域，不必隔著海域思念，不會如此感覺遙遠，不必在海中線，迅即改變身份。這是何種錯亂？身份、性別、國族認同交錯、糾纏。

不可預期，不可防堵，我所惶恐的磨難開始了。而當思念變成事實之後，那種溫暖的太陽、漁船，有些像故鄉的情境，我的記憶祇剩這些，然而，這恐怕也是我們極其難得的共同記憶吧！都說船過水無痕，但還是會起一些波浪的，我相信，而且我會把船開回來，回頭找你。

說好不想的。但此刻我無望且悲傷地愛上你。

二、午夜濡溼的水墨畫

1.

「你們要去哪裡?」我試圖以著金門腔的閩南語，試探著一旁兩位同車的妙齡女子，想從她們的鄉音，印證惠安的語言和自己的金門口音有何不同?

「去淨峰寺燒香拜拜!」我又問:「從哪裡來的?」「東嶺!」她們沒有使用普通話，用的惠安話，我也聽得懂!

「車子再往前開，到了爐內村上路邊，跟隨車說一下，就可下車了!」年輕的兩位女孩輕聲對我說。

從搖搖晃晃覆蓋厚土黃沙、簡陋的中包車子下了車，隨即被陌生的親人迎進村內，他站在路邊等待很久了。這個村子，第一次映入眼內的是翹脊燕尾的「曲江衍派」家廟。然後同縣城內一路駛進來的花崗岩石屋，遍地可見，以及參差林立的現代洋樓樣式，貧瘠的風土層、木麻黃……。其餘景觀畢竟沒有什麼不同於金門……。祇是路上多了些髒亂，沿海岸線，田疇道路，飄散著垃圾袋，俗氣的紅、粉紅、橘紅、黃……塑膠袋，寶特瓶、鉛、鋁易開罐，四處散放，一些村民即連自家門口垃圾也隨意丟棄!

二〇〇三年舊曆年後，我首度由金門趁著小三通之便，搭渡輪至廈門小居，順道回惠安縣淨峰鎮爐內鄉尋根探親，溯源祖居地，一尋家世來源之密，終至打開我許多無解的家族之謎。四十六歲之前，這個遙遠神秘的「故鄉」，對我彷彿是一種無法親臨的禁地。金門與大陸隔絕五十二年之後，金門與廈門終於兩門對開，小三通的施行搭起了一段和平海運，由金門水頭終至可搭渡輪，三十五分鐘內，抵達廈門和平碼頭。如此，我終可以回返想像中父執輩年少——早上至廈門福建等地，日落返回金門那種經驗。口訴、想像、傳說……等等經驗一旦實踐、落實，對我而言是何等人生奇妙之事。

祇是，人都近天命之年了，容顏漸衰，但我的熱情尚在，回到祖父的家鄉去找尋，找尋一個大家族即將湮滅的歷史，成爲躁切的事，然而，家譜何在？族譜何在？早在文革一把熊熊火燄中焚燃了，回溯村上歷史，自己竟然是一個械　好勇族裔，對我而言，那是何等衝擊？第一次返鄉，在村上伯公後代江泉兄家待上一夜，卻完全失眠，整夜聆聽一個家族遞變佚史，竟疾書滿頁。待凌晨，兄嫂端上甜雞蛋湯，卻讓我愕愕然回溫早期在金門鄉下的情境，一樣的民風習俗，而廳堂木門、門栓，夜裡推門開門那種淒麗聲響，更令我安不下心來，那樣刺耳推移聲響，如同劃破一個清夢，在夜裡顯得十分清寂，但竟與我小時候在金門民居經驗雷同。而隔日清晨，深井粗繩鐵桶，打著冷冽冰涼井水盥洗，何嘗不是兒時情境再現，年少住后埔南門街的家中庭院即有一口井，那井是我童少記憶集結地，我曾於井旁種木瓜、葡萄、曇花，打井水、觀看井水自鑑，以桶盛載蜜水、西瓜……等食品以冰鎮，那井竟成爲活水冰箱，也盛載我太多童年經驗。井水既爲一家源泉，歲時節慶也不免祭拜一番，大年初一也要爲它貼上福、春等字的春聯。

這就是回返祖居鄉居，引發我悸動的深刻根緣了。臨去，江泉嫂準備一頓薑燉豬肝湯，配上半鹹甜餡餅，不就是兒時對母親渴望的一頓豐餐嗎？

那口味、氣味何等熟習了！

其實整個鄉間，那貧瘠濱海土味，沿海木麻黃景觀，又何嘗不是金門的共同景觀？甚至第一夜，騎坐在清良侄兒機車後座，沿湖街往爐內村上紅土路走，迎著木麻黃冷冽的風速，海風鹹鹹的鹽味撲臉，海蚵殼散佈路草叢內，混雜的氣味，黑寂裡，竟像回返時光隧道，回到年少的金門晚風冷峻中……。

匆匆不到兩天，我離開了祖居的原鄉，奔赴另一個省城。後來在福建省會福州市，舊省府院內招待所房內，對著窗外百年梧桐，因爲返鄉這種經驗，令我淚流滿面寫下第一行詩，探親的故事太複雜了，我一下被堆積太多小說般情節，時光中眞實的故事入侵，以致心神恍惚，恍然不知所以！那已非一首長詩，一本長篇小說所能承載了。

那真實裡面有種歲月給予巨大的創傷和不可止療的痛，我寧願去其真實繁複，而讓記憶、情感恍惚！

2.

二〇〇三年八月溽暑，我止不住原鄉的呼喚，再度君臨爐內，每一次到臨是一種感動，是一種瞭解，也有許多現實不堪……。即令如此，我仍愛極那遠離台北城市獨往村上鄉居的生活。我總想待上它幾天。

我是如此恍惚，不期然遇上我的感動！例如，我心上總有一幅畫如此被恍惚裱褙起來……。

淨峰鎮位於東南沿海，如同台灣、金門一樣，免不了受夏颱豪雨之苦，有一夜，我從一陣急促的夏颱雨陣中驚醒，我恍惚起身推窗，欲收回掛勾再關閉窗板，睡眼惺忪中，卻赫赫然驚見一幅午夜濡溼的水墨畫橫掃而來，那墨色層次有致，打上水份濃黑的樹、土坡、草叢、花崗石屋、茅舍……白日的色彩全都隱於黑白孤寂中，遠處傳來清晰可聞的豬啼、風吹、窗栓作響。午夜，木栓的推門刺刺聲，聲聲劃入鄉情，那是午夜夢迴多次的鄉居圖，在先祖的土地上。那此刻，映入眼簾的景深雖不可觸，但令我怦然、傷感！這一夜，風指揮窗板、門栓、門板……隆隆合奏一曲午夜交響；隨風忽急忽緩，我輾轉難眠，床搖，夢斷斷續續……。

眞是恍惚極了！我至今仍游離、漂浮在那畫裡……。

三、濱海之屋

「車子再往前爬坡上去，就可看到我們家！喏！那視野最高的一棟房子就是！」三十多歲在晉江市作裝修的王奕民說。車子仍顛顛簸簸，以著馬力加速爬衝，一路雞鴨屎味，濃重海鹽味撲來，還要推開一麻袋一麻袋牡蠣殼，雞鴨、山羊四處流竄，穿過海蚵殼、石粒、紅土混合鋪成的土坡，斜斜晃晃到了一戶我不熟的新朋友家門前。

那是模板灌水泥，砌磚建蓋而成的新式洋房粗坏，外觀未上二丁掛或塗漆，其實在冷雨之中，顯得十分荒涼！但裡面卻有一股溫熱漫延，有一群惠安人歡樂集聚裡面。

進了室內，但見一樓已顯得雜物過度堆積，想見主人家住此新屋已一段時間，欲步上二樓，樓梯水泥新砌面貌卻又沒扶把，得小心，幸好梯口寬廣，二樓一角，是新春期間的濃熱氣氛，主人弟弟及鄰里好友一群人圍坐於沙發上，嗑瓜子、泡茶、聊天、唱卡拉OK，見我這外地來的客人，莫不微笑致意，歡樂之中，主人父親抱孫親切於室內踱步，主人特意介紹我是從金門來的台灣朋友！我也祇是微笑，談不上該說些什麼？

你會不會相信在年節期間，在歡樂之中，我也能恍恍惚惚錯入一個寒冷情境，悲涼起來？

我特意端起我的數位相機，爲主人的父親及兒子照相！並且，爲窗外景緻所吸引，我踱步到陽台遠眺，卻不意風大冷颼，手腳發凍，再進入室內，主人拿著望遠鏡借我。我從望遠鏡，看到遙遠灰茫，混濁的海浪急急推滾，紅土層上是墨綠的樹叢、野草叢，一個方向的倒來倒去，雨剌剌下著，蒼勁極了，環顧四周，附近一樣高的住居竟沒有，往下數戶人家稀稀落落矗立，我不知道，整個福建沿海山坡是不是類此曠居人家，如同家鄉金門，我曾在烈嶼島濱海村上鄉居過數晚，我總感到那寂靜中有一種大自然神秘的力量在靜懾心靈！所發生過的往事、景象竟如年代久遠的電影影像跳閃。

眼前那風雨中海濱的蒼涼，令我感到巨大的孤寂！我踉蹌進入室內的煙霧繚繞及歡樂的氛圍中。

我無法告訴你，我去過那棟鄉舍正確地理位置，我沒向主人問詢，只約略知道那是在惠安縣內某村。我是在爐內鄉從親戚女婿的朋友搭上便車的，車上坐著某一家塗漆經理及作室內裝飾工程的王先生。親戚女婿的朋友是司機，護送上司回晉江，我和王先生就在車上認識了，主人歡迎我再去找他，我不去探究地名，似乎這一切也不太重要了，這祇是在去晉江之前，回廈門中途發生的經驗。我不知生命中會不會再有一次這樣機會，也許這祇是主人酒酣耳熱中的一項熱情發酵，或者那濱海山坡上住居太孤寂了，或許這沿海鄉人從來素樸熱情如此！或者整個福建太大，中國太大，地球太大，我們都太渺小了！我們都會忘了生命曾錯入的許多沒有預期巧遇的經驗，我祇是恍恍惚惚進入一個情境、真實，如今卻渺不可摸。

波赫士常在許多城市街道中，感到孤寂，有著預知死亡之孤寂，而每一個偉大作家心靈都常感到巨大的不安和寂寞！

旅行於我而言，是一種不可預期的奇遇發生，是一種孤獨旅程，是一種恍惚狀態！

我總撞見一種孤寂，在偶然與巧合之間。

◎作者簡介：

張國治，1957年生，國立臺灣藝術專科學校美術工藝科、國立臺灣師範大學美術學系畢業，1994年獲美國芳邦大學（Fontbonne University）藝術碩士，歷任國立臺灣藝術大學視覺傳達設計學系／所系主任／所長，現任國立臺灣藝術大學視覺傳達設計學系專任副教授兼文創處處長。

多元藝術家。曾獲許多文學、美術獎項，1980年代曾主編《新陸》現代詩誌並兼任美術總監。著作有詩集：《三種男人的情思》、《雪白的夜》、《憂鬱的極限》、《帶你回花崗岩島——金門詩鈔．素描集》、《末世桂冠－中詩英譯．版畫集》、《張國治短詩選》、《戰爭的顏色》共七冊，散文集《愛戀情節》、《濱海劄記》、《家鄉在金門》、《藏在胸口的愛》共四部，評論集《金門藝文鉤微》以及攝影集《暗箱迷彩——張國治視覺意象攝影》、《由黑翻紅——張國治2009攝影集》等共十四部。

◎導讀：認同與追尋——張國治的〈恍惚三疊〉

遠行的遊子，近鄉總是情怯。但尷尬的是，如果故鄉曾經是一個回不去的故鄉，卻又近在咫尺，那又該作何等感受？

對多數的金門人而言，身份與認同是他們最感疑惑的課題，在中國／台灣之間，他們發覺他們有時不屬任何一邊，他們寧願自己的名字只叫：金門。

善感多情的文人筆下經常著墨的，不是意識型態的權力意見，只是叨叨絮絮的孤寂……人道關懷的溫情而已。（陳謙）

淡水去來

方群

來來去去或去去來來

・夕陽

即將墜落的仰望
是眾人凝聚的焦急目光

・紅樓

洗盡鉛華的貴婦
俯瞰江水款擺風姿的裙裾

・鐵蛋

反覆濃縮的浸漬與風乾

孕育一顆顆黝黑堅韌的在地意識

・**渡輪**

來來去去或去去來來
在任何一個可能的起點或終站

⊙原載《人間福報／覺世副刊》2007年4月14日

◎作者簡介：

方群，本名林于弘，1966年生，臺北市人。輔仁大學中文研究所碩士，臺灣師範大學國文研究所博士。曾任中小學教師二十餘年，現任國立臺北教育大學語文與創作學系教授。作品曾獲：聯合報新詩獎、教育部文藝獎、藍星屈原詩獎、創世紀四十周年詩獎、吳濁流文學獎、時報文學獎等，各類著作甚多，近期出版詩集有《航行，在詩的海域》（2009年，麋研齊）等。

◎導讀：去去來來之人間風景——方群的〈淡水去來〉——

方群的詩是少數好讀且讀得懂的詩。

這句話的含意不但沒有將作品貶抑的意圖，更重要的說明是：書寫者絕對照顧到了讀者的閱讀反應。

做為一位普通讀者，誰願意在閱讀時滿是沈重，方群的詩質明朗，形象歷歷在目，不會給人過多的負擔，語言態度十足親和，他的文字不擅拒絕讀者，跟讀者永遠同一國。

〈淡水去來〉形式上刻意以二行詩營造對比的衝突，藉由渡輪中的「起點或終站」，來暗喻人生逆旅的飄忽；用鐵蛋的「浸漬與風乾」之煎熬，期待堅貞的在地精神；夕陽中對動作「墜落的仰望」刻畫極具諷喻；紅樓恰如遲暮的美人等等，皆以意象起興，喟嘆作結，用情景交融後的即興，思索著生命價值的諸多判斷。（陳謙）

仙山

劉正偉

幻化之鄉愁
是凝固時光中的海浪
無聲無息的波動

他鄉的遊子
時常在夢裡雲遊
乘飄邈的山嵐回鄉
尋妳，在星輝燦爛的松樹間
而松針是夢夏夜的雨絲
被離離的風聲吹落

仙山，幻化之鄉愁

是凝固時光中的海浪
無聲無息的波動，在雲端
仰望，厚實的山峰
如想望孩提時母親溫暖的胸脯
總是在異鄉疲累的酣聲中
韻律的起伏

時常在夢裡雲遊
他鄉的遊子
而松針是夢夏夜的雨絲
總是被離離的風聲吹落
時常，乘飄邈的山嵐回鄉
尋妳，在星輝燦爛的松樹間

註：仙山，海拔九百多公尺，位於苗栗縣獅潭鄉境內，終年雲霧繚繞，如在仙境，因此得名。傳說山腰湧出之礦泉（又名仙水）在日據時代曾治好村民怪病……

⊙原載乾坤詩刊36期，2005年10月

◎作者簡介：

劉正偉，1967年生於苗栗縣獅潭鄉。省立苗栗農工冷凍科、台北商專附設空專會計科、元智大學應中系畢業。玄奘大學中文所碩士。佛光大學文學所博士候選人。現為中華民國新詩學會監事、乾坤詩社社務委員。公司負責人。

著有：《思憶症》、《夢花庄碑記》（詩集）；編有：《新詩播種者──覃子豪詩文選》《台灣詩人選集──覃子豪集》等。曾獲：台灣日報台中風華現代詩評審獎、全國優秀青年詩人獎、鹽分地帶文學獎新詩第二名、苗栗縣夢花文學獎新詩佳作、首獎等。

◎導讀：回憶總是最美──劉正偉的〈仙山〉

仙山，聳立在作者的故鄉的門前。〈仙山〉一詩，敘述一個離鄉背景的遊子，對故鄉深深的、永恆的思念。作者年輕時就離開家鄉到桃園都市中闖盪，而常常在夢中、腦海中浮現的，卻是故鄉美好的景物與對親人的懷思。

第二段敘述憶起故鄉的山巒，雖然山是凝固的波浪，卻常常在雲霧繚繞中若隱若現，彷彿是在雲海中起伏一般。那厚實堅挺的山峰，讓人聯想到幼時母親哺乳我們的溫暖胸脯（是一種故土、母土的聯結），那溫暖的回憶，隨著遊子在異鄉疲累的酣聲中，韻律的起伏，而令人忘卻了生活上的辛苦與疲累。

他鄉的遊子，時常在夢裡雲遊返鄉。總是在夜深人靜時，在回憶中試圖找尋故鄉美麗的形象，親人溫暖的身影與青梅竹馬的笑靨。（陳謙）

故鄉那條河流

林金郎

駕馭著千軍萬馬，
在雨中不畏雷電的擔任起疏浚的工作，
保護居民免於氾濫的安全。

我的故鄉台中市有兩條頗負盛名的河流——綠川和梅川，它們是在日據時代便開鑿的人工河。有一天，父親帶我到文化中心的綠川亭，他告訴了我關於一條河流和一片土地、一段歷史的故事。

綠川亭建築在一個小小的人造山坡上，可以看到綠川從遠處蜿蜒的流了過來，綠川兩旁種滿翠綠的楊柳，楊柳秀氣細長的枝葉在風中輕輕擺動，好像一位纖細的姑娘在風中伸展腰身，並飄逸地飛揚了一頭的綠雲長髮。

聚落是文明的發生地，而聚落又經常必須靠近河流，才能得到水的灌溉與滋養，所以河流無異是文明的搖籃，因此，綠川也是台中市文明的母親之一。綠川縱貫台中市，好像土地上一條輸送養份的臍帶，祖先們因而可以方便取水、灌溉，台中市腹地也因而可以得到良好的發展，並且成爲在台灣地區舉足輕重聞名的「文化城」，日據時代林獻堂等人發起的「台灣文化運動」便是以台中市爲起點。

但現在綠川的流量已經沒有以前豐沛，在乾涸期經常只有些許的血液流動，市政府於是將河床修製成水泥道，水量集中在中央的一條溝渠流動，雖然如此，但每當驟雨過後或在綿綿雨季，綠川又會恢復它英姿非凡、容光煥發的雄姿，駕馭著千軍萬馬，在雨中不畏雷電的擔任起疏浚的工作，保護居民免於氾濫的安全。

而平日，幽雅嫻靜，輕輕蕩漾的綠川，兩旁總是有居民在河畔的蔭涼處閒憩，遊客也在河邊的綠園道欣賞自然風光，並享受清風吹拂的撫觸。父親說，它之所以名爲「綠川」，正因當時，它清澈透明的水質，好似潔淨無瑕的眼眸，映照著兩旁蔚翠的楊柳，呈現一幅迷人的綠色圖畫。但如今，都會發展迅速，山坡地遭到砍伐，綠川有些區段已經加蓋成爲路面，河流也摻雜一些砂質，綠川的風華已經不若當年少女時代的豔麗，但卻永遠是台中市民中眼中一位美麗的水之女神。

在綠川亭上看著綠川的水緩緩流了過來，夕陽映照，彷彿在它的粉腮點上一抹豔紅，爲她修飾青春，我也彷彿看到先人堅毅的腳步，一步一履永不放棄的走過來，一段流水就是先人的一個腳步，註解著土地的每一吋歷史。

⊙原載 2008 年《中市青年》十月號

◎作者簡介：

林金郎，朝陽科技大學碩士，現為台灣文學創作者協會理事長，歷任聯合報繽紛版、自由時報電子報、世新大學台灣立報……等專欄作者，現並為中市青年、快樂高校生撰寫作文專欄。曾獲中央日報文學獎、台灣文學獎、宗教文學獎、全國學生文學獎等，出版《度僧》、《淨土》、《蝴蝶港誌》、《阿蘭娜》等文哲著作十餘本。

◎導讀：我家門前有小河——林金郎〈故鄉那條河流〉

每一個人心中，都有一條母親的河。對林金郎來說，綠川這條從日據時代便已開挖的人工河，儘管因為文明的急速發展，一度使她蒙塵，但在作者的筆下，「一段流水就是先人的一個腳步」，有太多歷史值得後代子民細細去加以追索。

原鄉的書寫就怕情溢乎詞，但作者卻能保持適度的觀照距離，從歷史人本的角度出發，優緩自如地委委述說故鄉點滴，在短小的篇幅裡，完整而具足地呈現綠川的變遷，綠川的歡喜與哀愁，成為地誌書寫極佳的風貌展示。

每一個人一生中，都要為自己的家鄉寫一本書。也許你家門前的小河，也同樣有著令人驚奇的故事，等待你去探求喔。（陳謙）

吾見台灣欒樹——現代俳句組詩

古嘉

過往流風
推搖樹間光影

〈初見台灣欒樹〉

美　剛要幻化
畏此毒相
秋染之斑斕似　繁花

〈二見台灣欒樹〉

過往流風
雖推搖樹間光影
也僅　萬色之一

〈三見台灣欒樹〉

覆樹梢的紅
無毒且　非花
落而不著　是正果

◎作者簡介：

古嘉，本名古嘉琦。1981年出生，國立台北教育大學畢業。主持個人新聞台「古嘉在塗鴉」、「古嘉的詩領域」等。曾獲文建會全國巡迴文藝營小說獎佳作、台中縣文學小說獎等。著有短篇小說集《古嘉》（寶瓶文化，2004），散文集《13樓的窗口》（寶瓶文化，2005），詩集《詩領域》（河童，2006）。

◎導讀：古典制約之美麗實踐——讀古嘉〈吾見台灣欒樹〉

俳句在台灣，一般印象最深刻的，當屬小丸子爺爺友藏興之所致時，隨口吟詠而出的字句，一般觀眾也多莞爾一笑，未加以探究。

事實上現代俳句的寫作已不再據守日本傳統五七五的字數限制，目前詩人多以「自由律俳句」塑造氛圍，也不必要強行加入季節的語態象徵。

台灣前輩作家黃靈芝，當代詩人莫渝、林建隆、陳黎等人對俳句都情有獨鍾，多數有專書出版。

古嘉在這群創作的台灣詩人當中年紀最輕，卻勇於實踐古典制約之美，她將這首俳句以組詩方式呈現，從初識的斑斕到果實的豔紅，譜寫生命情采的炫燦，呈現了這種台灣特有樹種的蓬勃生機。（陳謙）

雄鎮北門

向陽

百年前戍衛的戎馬
都已交給階下的海浪

在西子灣寂寞的岬角
寂寞地衛護台灣的南方
這樣高高站著
這樣雄鎮北門

百年前戍衛的戎馬
都已交給階下的海浪
喋喋便便

沖刷盡淨

五個雉堞上
還留下五個窺孔
如同五隻眼睛
繼續窺防敵人的入侵

偶而伸伸懶腰
斜睨黃昏來時
耀武揚威的夕陽
嘩啦墜落海面

⊙原載向陽工房 http://hylim.myweb.hinet.net/（2010）

◎作者簡介：

向陽，本名林淇瀁，1955年生。文化大學新聞研究所碩士，政治大學新聞系博士。長期擔任文學傳播媒體工作，現任台北教育大學台灣文化研究所副教授兼所長。

作品曾獲吳濁流新詩獎、國家文藝獎、美國愛荷華大學榮譽作家、玉山文學獎文學貢獻獎、榮後台灣詩人獎、台灣文學獎新詩金典獎、教育部「推展本土語言傑出貢獻獎」等獎項。

著有學術論著《書寫與拼圖：台灣文學傳播現象研究》；詩集《亂》、《向陽詩選》、《向陽台語詩選》、《十行集》、《土地的歌》（台語）、《歲月》《四季》；散文集《安住亂世》、《日與月相推》、《跨世紀傾斜》、《暗中流動的符碼》、《流浪樹》、《在雨中航行》、《世界靜寂下來的時候》、《一個年輕爸爸的心事》；評論集《浮世星空新故鄉》、《康莊有待》、《迎向眾聲》；時評集《為台灣祈安》等四十多種。

譯有《大象的鼻子長》（日・窗道雄著）、《四季明信片》（日・安西水丸著）及日人台灣研究論文多篇；編有《二十世紀臺灣文學金典》「小說卷」、「散文卷」等各類選集三十餘種種。

◎導讀：穿越歷史的現場——讀向陽〈雄鎮北門〉

因為防禦的目的而留存下來的城垛，歷經千百年後，獨對寂寞的黃昏。

詩人穿越歷史的軌跡，把百年前戍守的兵馬和階梯下業已消失的浪花對比，說明歷史千年一瞬的虛幻與人群的無知，彷彿也呼應了向陽名作「你問我立場，沈默的／我望著天空的飛鳥而拒絕／答腔」裡關於意識型態的表述。林燿德認為向陽在主題意識與材料選擇上承襲寫實主義路線，可對於詩的功能性認知，傾向浪漫主義的純粹藝術觀點，嚴格地將文學發展與社會運動釐清疆界。

向陽一貫的詩立場始終關注的對象是人民與土地，向陽借用「五個窺孔／如同五隻眼睛／繼續窺防敵人的入侵」來暗諷這些不合時宜的意識型態裝置工事，令人讀來倍感悲涼與滄茫。（陳謙）

寫實敘事

語言是溝通的橋樑，特別是詩歌，因其語言簡潔而凝鍊，更應該做到一種雙向的良好互動。白居易要求語言上的平易，多在作品中實踐，渡也在 1984 年批評席慕容的作品時，亦曾提到席詩之所以吸引讀者其關鍵，如「語言平淺，內容並不艱深難懂」以及「詩句流暢，十分順口」。

寫實文學在台灣其實一直存在，只是在主流媒體刻意存而不論的政策下，一直無聲無息的默默出版著，從《台灣文藝》、《葡萄園》、《秋水》等詩刊或綜合性文學雜誌的現象可見一斑。趙滋蕃曾說過，「就藝術作品的現實意義而言，藝術是社會觀念的反應。」1987年之前，台灣仍處於戒嚴時期，媒體受到警備總部嚴格的監控，解嚴之後，台灣媒體逐漸鬆綁，報禁更在解嚴半年之後開放，大批媒體如雨後春筍般洶湧而起，其他諸如民視民間有線電視台暨許多無線電視、衛星電視、廣播、報刊出版品等大眾傳播媒介一時百花齊放、百鳥齊鳴，大環境的開放，促使得台灣的發展進入一個多元且全新的媒體時代。

寫實文學其實只是多元文學表達類型的一端，語言崇尚明朗而自然、清晰，表達的對象是典型人物與事件，而那些事件或人物，正是我們身旁俯拾既是的取材來源。

本篇集錄的文章因爲寫實，是以多有敘事之傾向，不論詩文的言語詮釋，多希冀能一文一事或一詩一事，以便集中焦點，不至主題模糊。然而寫實也從描繪與敘述出發，基本修辭與體驗的釋出更是寫作的基本功，更可以說寫實作品是文學的源頭與基礎。二十世紀初期各種主義的流行蜂擁而至，不論是達達、超現實還是後現代，我們都可這樣斷定：所有的抽象，其實都來自具象的昇華。（陳謙）

紅色水印

黃文成

> 父親將他的手，沉沉地搭在我肩上，掌心傳來一陣溫熱，他終於開口：「家裡沒人念過大學，我們只能帶你到這裡，以後，就要靠你自己。」

午后，昏沉地將堆積多日待洗衣物，一骨腦地丟進洗衣機內，按下按鈕後，便被幾股迷幻的睡意，給推擠進被窩裡的夢境中，沉沉入睡。只是沒多久，意識清醒的二隻耳朵，似乎聽見有人在耳邊輕輕叫喚著：嘿！你完了！

我猛然驚醒，發現，眞的是完了。不顧意識仍睡倒在溫熱的夢裡，雙手便撲進冰冷的洗衣機內，撈出一只放在牛仔褲後的皮夾。急忙翻開皮夾，連番倒出幾張已吃過水的證件、名片、鈔票、發票，外加一枚護身符，將它們平擺散放在玻璃桌面上；連原是粘貼在皮夾內的一張大頭貼，也掉落出來。我無法判定，原本色彩鮮豔的大頭貼，是因爲洗衣粉的去污力超強，亦或是青春的顏色留在洗衣機內未被撈起，已失去年輕的膠著，只剩一片霧茫茫。

倒是有張甚少出示的證件，被濕透的護身符印上一個漬跡後，給清水洗出了明晰的記憶。那張證件上貼著我青春期剛過所拍下的黑白照片，縣政府社會局在我臉頰邊，狠狠嚙咬出一個鋼印，旁邊聳立著「殘障手冊」字樣；看著這些字樣與照片，心中踉蹌滾出那段日子的畫面。

那天，父親帶我到公立醫院，一關關地辦手續、身體檢查；最後，我獨自進入「復健科主任辦公室」，裡面坐著一個小兒痲痺極嚴重的中年男子，他權威地翻閱了檢查結果的相關文件，我則看著牆壁上掛著一幀幀他與名人合照與表揚的獎狀。

我注意到，藏在他鏡片後的眼睛，在我踏入這空間的那一刻起，即對準了我身體上下打量一番，接著發出刀劍出鞘般的聲調，問道：「為什麼來辦殘障手冊？」「學校建議我來檢查看看，如果資格符合殘障標準，學費可以減免的樣子。」我使勁而顫抖地將嘴裡的話語給推出來；鏡片後那雙銳利眼神，隔空發出傷人的力道：「你很需要錢嗎？像我這麼嚴重，都沒有申請，……」，此時驕傲地主宰我大半青春期的自卑，居然退入心中，並倒推我一把；我拾起從小便被丟棄的勇氣，回應著：「我只是善用社會資源，而且我又不是你，爲什麼我要像你一樣，像你哪一樣？」經過一番唇舌相擊，我只覺口中一片焦乾。接著，他拿起印鑑蓋上合格字樣的同時，手肘觸碰到輔具，碰一聲地掉在地面，我幫他拾起那對鋁製輔具支架，質感高級而堅固的支架，觸摸起來，卻是一陣陣不真實且冰冷的空心感。隨後，我滿心是傷地步出這掛滿了用勵志與傳奇編織成蒺藜的辦公室。父親表情憤怒，一語未發地站在半掩的門外。

憤怒的情緒，赤裸的太陽，燜熱的空氣，全都在這一下午擠到小小車內；冷氣半涼不冷的在密不透風車廂中吹吐著，車內高溫還是像一口熱窯般煎熬著我們。在離開醫院的路上，車速一如來時般，父親穩穩地操縱著躁動的方向盤；父親最生氣的表情，就是他眼神裡蹦發出來無聲芒光，芒光漫燒成一朵烈燄。我眼角餘光觸及父親黝黑肌膚下那朵烈燄，正猛烈燃燒著塞滿在他心口的那幾綑無奈。

慢慢地，我發現車子並非駛向回家的路上，轉而奔馳在筆直的濱海公路，我搖下車窗，讓陣陣鹹濕海風吹進來，吹淡車內的高溫；海岸旁，住家無幾，沒有戲水人潮，只有一輛綁著各式風筝的發財車與火力發電廠大口徑的煙囪，寂寞地靠在海邊，看天空。龐大發電廠，靜默地讓人以爲是烈日照耀在污染海域所蒸發出來的一座蜃樓；煙囪冒出陣陣白煙，該是深綠的木麻黃，委屈成一大片枯黃；海風吹過消波塊拼湊出的一條長長幾何圖形海岸線後，在豔陽下逗弄著繫了細線的風箏，風箏零亂倉皇似逃竄般，高高低低的飛舞著。我沒問父親要將車開往何處，深怕一開口，便又煽痛了那道在醫院中被畫下的傷痕。長久以來，我與父親間，隱藏著一道鴻溝，那是背負著愧疚感，所深鑿沖刷出來的傷心鴻溝。小時候一場醫療傷害，開啓了愧疚的閘門，父子情感的流動，順著愧疚築起的渠道，翻騰而無聲地流著。一直以來，都是這樣。其實，最早之前並不是這樣。小孩時，我喜歡趴在父親的腳背上，讓父親用力抬起腳板，將我整個人向空中仰起，也仰起父親與我一次又一次盤旋在空中的開懷笑聲。我以爲，我跟父親一樣，長大後都應該有雙健康有力的腳板。那樣的以爲和笑聲，與童年在一夜間，全部一起消失。

最後，父親將車停靠在八里渡船口。寬廣的河面，適合飛翔。我的視線像綠繡眼般箭矢地飛越過水面，望向對岸半山腰上我即將就讀的大學城。退潮後的淡水河，露出泥沼，一隻隻黝黑紡錘般的彈塗魚，羞澀地張著大眼睛在沙洲上，演繹一種傳說。傳說彈塗魚是一個傷心人的淚滴，淚滴掉落在河面上，河水沖不淡、潮汐也退不盡那樣的傷心，於是淚滴就幻化成彈塗魚，看守著那片傷心地。觀音山與夕照，潑灑暈開倒映在河面上，父親將他的手，沉沉地搭在我肩上，掌心傳來一陣溫熱，他終於開口：「家裡沒人念過大學，我們只能帶你到這裡，以後，就要靠你自己。」

河面上，倒映著幾隻孩童手中牽引的風箏，風箏高高低低地飛翔在溫潤霞光裡；遠遠地，聽見他們的父母親喊著他們的名——要小心，要小心地面，要小心風箏線，要小心風箏不要飛太遠，要小心不要讓風箏斷了線。

渡船從八里駛向淡水小鎮，揚起陣陣波紋，波紋漸漸擴大成一條寬廣水路，白色浪花，就開在水路邊。船停靠在渡口，這一停，就停在淡水幾年。那幾年，雖是隻身求學，卻非孤獨地走過這一路陌生與害怕，因爲有個小小紅色紙團，紮實地墊高我膽量的腳跟，不致顛簸跌倒。

只是，這枚吃太多水後吐了個紅印在殘障手冊上的護身符，現在濕軟地趴在我桌上。我小心扒開幾乎快糊成一團的護身符，同時也扒開了家鄉開漳聖王的靈威；紙符上的字跡，正看著我。這枚朱紅護身符，是母親從庄裡福隆宮求來的。

◎作者簡介：

黃文成，1970年生，中國文化大學中國文學博士，曾任教南華大學文學系，現為靜宜大學台文系助理教授。曾獲文建會青年文學獎、國家文藝基金會創作補助、全國學生文學獎、桃園縣文藝創作獎等獎項。著有：《紅色水印》、《六朝志怪小說夢象之研究》、《關不住的繆思——臺灣監獄文學縱橫論》等書。

◎導讀：給你不一樣的「從前，從前……」——讀黃文成〈紅色水印〉

說故事不僅是小說家的當家本領，亦是散文家鋪陳情思的重要媒介，只是故事人人會說，但卻不單都是「從前，從前……」的敘事模式。若未經過作者的裁剪與重組，只怕故事說到後來，後來，就只是將一個故事交代完成罷了。

「紅色水印」是母親從庄裡福隆宮求來的朱紅護身符，一次因為作者的粗心大意，將待洗衣服一股腦兒都丟進洗衣機，於是一張庇佑著他的護身符便浸潤在作者的殘障手冊上，清楚的印出了作者複雜深沉的內心。

複雜，來自作者看待自己命運與現況的結果；而深沉，則多是來自作者歷經身心磨難後對人性現實的默然領受。藉著隨身小物，波折的人生之旅得以清楚呈現。（顧蕙倩）

豹走

鍾怡雯

我盯著電視，不禁悵然有所失。
放下雜誌，關了電視，回想起那四隻傲立的獵豹，
在盛暑的汗水中。

午睡醒來，下樓取信。隔著信箱玻璃，我看到那個壞消息。那封寫著英文名字的來函，消解了剛才難得的好夢。又是罰單。中山高二十九點四公里，我的那匹銀色馬兒，證據確鑿收押在照片裡，時速一百零四。

才一百零四！我大叫，那麼多次，就數這回超速最不值，三千塊的罰單至少得開一百二十。從照片的水平拍攝角度判斷，不是固定的攝影機。那麼，警察當時躲在哪里？瞪著照片，我有點惱怒，恨警察也恨自己。那種早知如此便該如何的懊惱，一次又一次衝擊著我。是的，早知如此，該開一百四十，開到極限。橫豎要罰，好歹得讓「我們」——車子和我，過足了速度的癮才是。每回要上高速公路，我都先跟門口的菩薩打聲招呼，親愛的菩薩，我們上路了，可千萬別讓我破財呀！道高一尺，魔高一丈，在高速公路上，顯然警察比菩薩的法力大。

不記得是第幾次收罰單。只要一上高速公路，油門總要加到一百以上，我才覺得那是開車，也無法忍受一輛好車只走七八十，譬如在路上蝸行的 BMW735，我總要投去同情的眼光，爲這車子遇人不淑而感嘆。好馬沒有好騎師，那跟駑馬有何差異？我當然算不上好騎師，可是我能感受車子脫離市區蠕動不良的腸道後，亟需高速滑行的解放和愉悅。

兩個月前吧，我在北二高上，正一心二用的開車兼賞車。開車時最好的娛樂不是聽廣播，而是品評車子。車子，是城市和公路最好的風景。尤其在高速公路上，總會撞見令人讚嘆的車型，車燈、門把、顏色和線條，都令人無法轉移目光。路上遇見好車跟看到美女，皆有發生車禍和收到罰單的危險。當時我正專心的尾隨一輛保時捷，它在兩百公尺前方的車陣中穿梭，因此根本沒有發現其他車子在減速，當然也不知道後面的警笛聲衝著我們而來。其實我聽到那刺耳的噪音很久了，可是沒有意識到警察的目標是我。等到警察跑到前方大力揮旗，我才放慢速度，咦，他們要攔的人是我呢！警察的臉色不太友善，逼我相信自己確實違法了。接過罰單一看，國庫這回又增加了三千元的收入。

轉入國道二號，我努力維持九十左右的車速。恆速容易瞌睡，又沒有好車可以振奮精神，才不到五分鐘，眼皮開始變重。我的提神絕招全用上，包括咬下唇、擰自己的腿、丟一顆維他命C到嘴裡嚼著，忽然浮現那次車子停在拖吊場的孤單身影。

那是車子第一次被拖吊。不過吃個晚飯，十五分鐘吧，出來車子就不見了。我跳上一輛計程車，來到荒僻漆黑像墓地的拖吊場。心電感應似的，一眼就瞥見馬兒孤零零的身影，有種被遺棄的落寞，我忽然一陣鼻酸。輕輕的撕開貼在門上的封條，我拍拍它，好馬兒，我們回家了。我不發一語繳了拖吊費，惡狠狠的瞪過在場的收費員和工作人員。政府眞是窮瘋了，黃線居然也拖吊。

我的 Toyota Tercel 1.5 剛滿三歲，扭力和馬力都不強，隔音設備也差，老聽到馬路傳來壞心情和爛路況。可是它省油輕巧，倒適合市內行走。我視它爲行走的房子，可移動的穀，到哪裡都揹著它。極少坐火車北上，我不想困守火車車廂，和一群陌生人吐納車廂的毒氣，那裡頭可能充斥感冒菌，到了夏天，哦！可怕的夏天，密閉的空間大家在交換混濁的汗味，上車時的好精神這第一攪和，下車時必然精神盡失，昏昏欲睡。我喜歡跟著行走的房子在高速公路上奔馳，即使整晚沒睡，一坐上駕駛座，像大力水手吃了菠菜，精神立刻好轉。

記得三年前剛開車時，朋友問陳大爲我的技術如何，爲夫的露出無可奈何的微笑，許久才說，她開車很勇敢。

勇敢爲開第一守則。還沒考上駕照，我已經偷偷開著車子在淨水廠附近兜圈子。一到傍晚，我的開車癮就犯，最後開車變成開胃菜。我總是說，先兜兜風，把心裡的悶氣散一散才好吃飯呀！即使肚子發出咕嚕咕嚕的聲音，也假裝不餓，總之非得把我的馬兒牽到野外跑一跑不可。車子和房子一樣，需要長久相處才能彼此適應。我希望一拿到駕照就可上路。我渴望掌控速度。

這部車在一九九八年四月十六日到我家，一個史無前例的昂貴大玩具。從頭到尾打量一遍，摸摸它滑亮年輕的車身，心裡默默的說，好馬兒，我們至少得相處十年，你可要爭氣點。說時竟然有些感觸，如今回想，我仍不明白何以要一輛車「爭氣」，也不清楚感觸何來，可以肯定的是，我會把車開到不能再開爲止。新車一落地，就要折價三分之一，我因此下定決心，既是消耗品，非得物盡其用不可。就像 Sagem DC818 手機一樣，據說連菲傭都不屑使用，我卻堅持非把它用壞不換。

雖然如此，走在路上時，慾望仍被撩撥得蠢蠢欲動，暖，那部金黃色的 Lexus 如果是我的，該多好。這念頭愈頻繁，愈逼人眞切感受到錢的好處。也就在這一刻，我會想起青春期那篇作文〈我的志願〉——我的志願是嫁一個有錢人，要什麼有什麼，可以飯來張口，茶來伸手。

本來想買一部越野車，四輪傳動，坐上去，可以俯瞰衆小轎車車頂，滿足高高在上的虛榮。我對越野車有莫名的安全感，不全然因爲它的高度和乍看慓悍的外型，純粹是成長過程積累的成見。我們叫它吉普（Jeep），油棕園的英國老闆每次巡視莊園，都開這種車子，因為底盤硬，不怕崎嶇的丘陵地，耐用且維修簡單。輪子大而寬，抓地力好，越野如走平地。當然在平地行走，也如同越野，坐久了屁股顛得發疼。

其實，Jeep只是車子的廠牌，因為太有名了，成了越野車的代稱。「越野車」聽來嬉皮，倒很符合它的功能。有時我們也叫這款車Land Rover。後來才知道，Land Rover是另一廠牌的越野車，Jeep的競爭對手。油棕園的黃泥路晴天時一片霧濛濛，那是車子揚起的黃泥塵。機車騎士如果著白襯衫走一段，衣服便染成黃色。拍幾拍，塵土飛散後，再次露出白底。雨季則泥濘，到處小坑小洞，車子濺起與人同高的泥水。這樣原始的路讓機車行得閃閃躲躲，轎車走得扭扭捏捏，唯獨吉普高視闊步。

我記得那輛墨綠色吉普，來去像一陣風，引發莊園的騷動，撩撥我的想像。從吉普走下來的男人，不論是英國人印度人或是華人，通常都穿著T恤和卡其及膝短褲、短襪和球鞋，頭戴鴨舌帽，不同膚色的人在吉普前面，站成典型的殖民地畫面。吉普本來就屬於殖民地，以及戰爭。越戰電影裡必然有吉普，乾燥的黃泥地掀起不絕的塵埃。暴陽下，小麥色皮膚的越南女子，用哀絕的眼神目送美軍情人。

我遠遠的打量著園坵老闆和高級職員，盯著那輛被泥巴弄得很狼狽的吉普，覺得它不但帥氣，且充滿野性和生命力，掛在車尾的輪胎則像隻沉著的黑眼。吉普是主角，那幾個人只是陪襯。那時才唸國小的我想，長大後可以考慮嫁給這個英國老闆，爲了這兩好看的車子。當然，如果老闆再年輕二十歲，再少皺點眉頭多些笑容那會更理想。

其實吉普本是農用車，它是「機械牛」，用來取代牛隻拉犁耕種。發展成軍備用途是第二次世界大戰和越戰時期。有一則關於吉普的傳說是這樣的：如果吉普突然熄火，只要用腳一踹，它就會乖乖再發動。實情如何不得而知，倒是住在南馬的離島上，跟著一對年輕夫妻入山時，領教過它的能耐。

那段上坡路簡直快把骨頭顛散了，我抓緊車把，一路擔心吉普的安危。沒想到它可眞耐操，果然是歷經過戰爭的慓悍車子，非嬌貴的轎車可比。乾燥的熱風一陣陣撲進車窗，回程我竟然在顛簸裡入睡，好像睡在一個粗獷原始，卻很安全的懷抱裡，依稀在醒睡之間聽到新婚夫妻的新暱對話，斷斷續續。

多年後在泰馬邊境，吉普穿梭在迷宮一樣的甘蔗田。那是糖王郭鶴年的產業，蔗糖的焦香薰得人微醉，無盡的蔗林卻單調乏味，平坦的蔗林小徑讓那輛老吉普走得闌珊。吉普大概渴望冒險，喜歡挑戰，雖然老了，依然有股迷人的野性和豪邁。它讓我想起年老的史恩．康納萊，歲月在他臉上留下智慧和風霜的刻痕，增添了年輕時沒有的深刻魅力。

可別指望吉普給你溫柔舒適的座墊，也別用高級房車的寧靜無噪單來要求它，屬於原野和山林的吉普，有股不卑不亢的傲氣，它只能給你雜音和頓挫。駕馭吉普大概是很過癮的事吧！給它一條崎嶇的路，就能激發它的爆發力和毅力。果然，一爬上蔗園的果樹種植區，吉普立刻精神抖擻把我們送上山，在沒有路的地方走出路。可是我必須承認，吉普比較喜歡豐厚的臀部。

但我終究買了一部日系車款，和缺乏豐厚的臀全然無關，純粹因爲吉普的個性和城市格格不入。曾經據理力爭，起先還講理，譬如這車子高，碰撞絕對不會吃虧；台灣的馬路和山路所差無幾，坑坑洞洞的老是挖了又補，補了又挖，特需要這車子。這車外表比較強悍，圖謀不軌的人不會先找大車下手。越編理由越薄弱，最後乾脆耍賴：不管，反正我就是喜歡這車。

喜歡可以成爲購買的唯一理由嗎？答案是否定的。獵豹需要山林，而非鋼筋水泥構築的都市。至於集吉普和轎車優點而成的休旅車，一點也無法勾引我的興趣。對我而言，它什麼也不是，笨拙、耗油、外型不倫不類，一點個性也沒有，在高速公路上，是屬於那種我絕對不多看一眼的車。

既然買不成吉普，喜歡的 **Jaguar** 又買不起，那麼買車就沒我的事了。當然還沒駕照的我這麼想。可以肯定的是，即使有千億財產，我也不會買賓士這種暴發戶型的車款。不管它是賓士五百或六百，我固執的認爲，那是遠企停車場的「註冊車」。

這純粹是偏見，一如我對 Jaguar 的偏愛。老 Jaguar 有一種不妥協的沉穩氣質，線條剛勁，神色冷峻。它的氣質像個獨特沉靜的老紳士，冷眼看盡世事幻化，依然還是那副處變不驚的神色。車頭那只豹子宣示它矯健的身手，讓我想起園坵的游泳教練。年近六十的教練，有一副因長期游泳而訓練出來的好體魄，一頭銀白的髮，身上一股淡古龍水味是他註冊商標。他講流利的英語，簡單的華語，只要他低沉的聲音在，即使不下水，也令人覺得很平安。在水裡，他矯捷一如陸地的豹，車中的 Jaguar。

那次，車子送去定期保養，業務員朋友把他新換的 BMIW 留給我們。他前腳剛離家門，我立刻就到地下室去看那輛寶馬。啊，好車即使不動，也會散發高華的光澤。我不免覺得洩氣，我的銀馬雖然保養得當一如新購，可是被眼前這部寶藍色的好馬一比，立刻失色。旁邊那輛還算體面的 cefiro3.0，突然變得平凡。坐進車子拍拍座椅，轉動一下方向盤，我忍不住想即刻開上高速公路。

就開過那麼一次寶馬，我自此明白，何謂「曾經滄海難爲水」。我不禁想用「漂亮美妙」來開形容引擎聲。油門輕輕一踩，就有瞬間加速的快感，和寧靜無噪音的飛馳。開著寶馬我便開始想像，那 Jaguar 開起來豈不是無懈可擊？想像乘著一匹豹疾走吧！握著駕駛盤盯著車蓋上的豹子，你如何能夠按捺快速奔馳的慾望？保養回來後的銀色馬兒一定不明白，主人爲何對它挑剔起來。

小時候，父執輩一提起日系車，一定會加上那句老話：老拳頭一敲就凹個洞。今時不同往日，日系車以體貼著稱，當然不比雙B硬，但絕不至於如此柔弱，至少我的馬兒可以作證。然而父親再不管我們開什麼車子，他比較在意女兒如何開車。

家裡七個小孩都開車，父親獨沒坐過我的車。他一說老二開車最兇，小妹立刻回嘴，爸你坐過大姐的車就會改口。我白她一眼，去年付了機票錢讓她來玩，一點都不懂感恩。老二到底比較會做人，微微笑既不贊成也不反對。老二的飛車本事我領教過，從吉隆坡南下老家，開老五的Proton Saga，載著老五和我，一百四十的時速，兩個半小時。母親一見我們三個嚇一跳，不是才打電話說要回家嗎？怎麼就到了？換成是開車溫吞的老三老四，三個半小時都還在路上。

一次老三開車，尾隨的車子開大燈跟著，她竟當沒事一樣。我和老二都火了，不嫌刺眼嗎？開慢一點讓它超，再以牙還牙，沿路開大燈回敬它。老三轉過臉跟學話的小外甥說，看看你的阿姨們，嘖！嘖！記得千萬別得罪她們。彼時母親不在車上，不然意見更多。母親跟我都不是好乘客，老愛指揮別人開車。婆婆則跟我一樣，對於不守交通規則、不打方向燈、慢條斯理的車，唾棄之，辱罵之。只要前面的車子犯了前述任何一條，她必然鐵口直斷，一定是女人開車。開車時，她大概把自己當男人，而且有嚴重的性別歧視。那時我還沒嫁，當下牢記婆婆的教誨：開車絕對要果斷。

然而果斷不保證沒事，特別是在黃燈轉紅之際。那次車禍，我反省再三，問題就出在果斷，其次，是我太遵守交通規矩——黃燈轉紅，我踩了剎車。車子尚未停，砰！一聲巨響，連人帶車往前衝了三個車位，等我發現車子停在人行天橋下，才遲鈍的意識到，喔，我被撞了。

那天早上正準備去監考，六月上旬的陽光很亮。被撞了我只好下車。車子的保險桿整個凹陷，還來不及心痛，一抬頭，被一個滿嘴鮮血的女人嚇一跳。可怕的是，她竟然還露出滿嘴帶血的牙一直跟我陪不是，口齒不清的說她兒子開修車廠，我可以去那裡修，免費的，保證修到好。說話的時候血蛇正爬過她的下巴和衣襟，很快的就蜿蜒到路上。她這番話令人想到「撞人免費」，我簡直哭笑不得。這是什麼思考邏輯呀？難道因爲兒子修車，就可以隨便撞人？她的那輛白色喜美車頭像只被踩扁的爛罐頭，水箱在冒煙，好像隨時有爆炸的危險。

這個歐巴桑拿著手機猛打電話，警察還沒到，她的兒子女兒女婿都來了，全家在馬路中央大團圓。她駕照才領不到一個星期，喜美都還沒過戶。等警察拍照做完筆錄，歐巴桑仍是叨唸著那句老話，去我兒子那裡修，免費的，保證修到好。全家都在幫腔，她女兒怪我還沒紅燈停什麼車。我懶得搭理他們，留了業務員朋友的電話。我的業務會跟你們接洽，有事請找他。

從此我對喜美敬而遠之。扁而低的中古喜美因爲輕巧，重心低，十之八九都經過改裝，是飆車族的最愛。突如其來發出加油巨響，從身邊呼嘯而過嚇人一跳的，通常都是喜美，只要前後左右出現這種車款，我一定躲得遠遠的。我敬畏它們。

天下車子一大抄。市面上的車子總是你中有我，我中有你，老早就抄得沒什麼風格和特色。六月尾匆忙回家探望病重的爺爺，發現馬來西亞那款新的國產車 Proton Wira 好眼熟，車頭那略圓的三角形不是 Alfa Romeo 的正字標記？

有一次在新加坡的 Newton Circle 吃過飯，爲了加速胃裡過量的火辣海鮮消化，決定散步回旅館。走過燈火通明的醫院、單調的公園、印度紗麗店、領事館和學校，走過一排又排一商店，以及英殖民地時代的建築，漸漸的從黃昏走進夜幕，汗水滴到眼裡，擦去之後，復又掉落。

遠遠的，我就望見那排 Jaguar，四隻線條利索剛毅的豹子在昏暗的燈光下傲立。修辭這時出現了窘態，老 Jaguar 這麼一停，什麼氣派之類的形容詞都使不上力。我在籬笆外站了很久，汗如雨下。這一回倒是出奇的平靜，沒有浮現「有錢眞好」的念頭或佔有慾。就那麼站著，靜靜的觀望，聽到草叢裡蟲鳴如雨。

翻開家裡兩年前的汽車雜誌，正好看到那款叫 S-type 的 Jaguar。線條圓潤古典，二大二小的車前燈設計走在潮流的前端。雜誌上說，這車的尾燈在時下所有的車款裡，是最有看頭的，即使跟在車子後面，也是一種享受。可是，正字標記的豹子不見了。正在打促銷廣告的最新款 Jaguar 亦然，我盯著電視，不禁悵然有所失。放下雜誌，關了電視，回想起那四隻傲立的獵豹，在盛暑的汗水中。

——收錄於國立台灣文學館網站

◎作者簡介：

鍾怡雯，1969 年生於馬來西亞，台灣師範大學國文所博士。現任元智大學中語系教授。曾獲聯合報文學獎、中國時報文學獎、九歌年度散文獎、星洲日報文學獎、新加坡金獅獎、梁實秋文學獎、華航旅行文學獎、中央日報文學獎等。著有散文集《聽說》、《河宴》、《垂釣睡眠》、《飄浮書房》等。

◎導讀：暴走女子——讀鍾怡雯〈豹走〉

散文有一種速度，寫作者駕馭一枝五彩筆，可快復可慢，快到可以超速卻不必擔心罰款，慢到盡情優游於回憶與時空之域，卻無需猛回頭瞧著是否有人閃黃燈。開車就不一樣了，車子的性能固然重要，手握方向盤的車手對速度的要求和駕馭的技術，更是行車的關鍵。

散文裏的鍾怡雯總給人細膩而慧黠的印象，彷佛腦子盡充塞著上天下地、古往今來、國境與國境之間的移動，閱讀她的散文，跟著她的散文速度一同奔馳，就有一種坐在她駕駛座右側的快感。這會兒，她以自己的愛車為發端，引著閱讀者一同進入車行的時空，令人目不暇給。

愛開快車感受速度的她，難怪能輕易掌握行文的速度，還能不疾不徐的領人一探各款名車的優越性能，雖說是鍾情於S-type的Jaguar，但她仍想像其如一頭豹奔馳於山林之間，寧願遠遠的看著，讓好開快車的她頓時安靜，於是，車子不再只是載體。

一如文字之於她。（顧蕙倩）

說痛字

羅位育

「唔?我剛剛被小刀劃破了指頭。」

我希望她立刻替我尋回「痛」的發音。

鉛筆字越寫越粗亂了，我必須要削鉛筆。這是一個熱天的下午。

不用說，我削鉛筆的本事當然是一流的，小刀在鉛筆身上毫不猶疑的飛動著，眼看鉛筆心越削越尖，我就越來越想大笑。這是我快樂的個性。然而，眼睛光注視著鉛筆心，一不小心，那把鋒利的超級小刀就翻起了我左手食指頭上一塊肉。

我喊了一聲唷!

大概是天熱的關係，血從指上迅速流到桌面，我想吸回來都趕不及。我想，手指爲何不在緊要關頭變成木頭?這個願望可能一輩子都無法實現，也許沒有神經的木頭也有它想成爲血肉的願望。

其實，我腦袋深處有面「痛」的旗子在賣力揮舞，我是說我眼睛在腦海中看到了痛……這實在說不清楚，總之，我必須迅速地找出繃帶把傷口包紮起來，就像救護車在馬路上邊叫邊跑的速度。

然後，電話響了。我習慣性的伸出左手去接，卻讓傷口撞到了電話筒，我不得已又大喊了——唷？

「你是不是在舉行什麼宗教儀式呢？」電話那一頭傳來了女友親愛甜美的聲音，那讓我想要親吻的聲音。

當然，我覺得應該告訴她我手正在流血的事實，我要告訴她我的手很□。就在這裏，有什麼卡住了，一時之間，竟然找不著「痛」字的發音（看吧！我可知道如何寫它），也就是說那字的音被我的記憶丟出去了。在這種炎熱得容易胡說八道的天氣裏，連冰水都還未喝一口，就遺忘了一些常要出現的發音。

「唔？我剛剛被小刀劃破了指頭。」我希望她立刻替我尋回「痛」的發音。也許我日後會想起來，但是，這會兒我渴望馬上知道發音，否則，會有無法自由呼吸的壓迫感。

老實說，我應該很滿足的，因爲我覺得她很緊張，她輕呼一聲：「你有沒有怎麼樣，有沒有？啊？」

「沒有啦，刀子割了手就是會怪怪的！」我呆呆地看著受傷的手指，那皮肉翻起的角度很尖銳。

她可能把聽筒更貼近嘴唇，聲音突然大了起來。

「血流得很多是不是？好可憐，一定很難受。有沒有包紮？」

「傷腦筋哎！剛割下去時，我不知道在想什麼，妳知道刀子切入肉裏……哎！」

我自己大概都說出一陣雞皮疙瘩，眞希望這雞皮疙瘩順著電話線跑過去，然後附在她的皮膚上，以使她馬上說出那很「痛」啊的話，我隨手拉一拉電話線，接得滿牢固的。

「你講這些幹什麼？我好想過來看看你，可是家裏沒人，我又在照顧小姪女，對了，我手從聽筒伸過來摸摸你，好不好嘛！」

怎麼不問那個字呢？那個字是不是也躲在妳的皮膚深處不願說話呢？我女友可是一位堂堂國立大學第一名畢業的優等生咧！她穿起衣服都能穿出別人眼眶會掉下眼珠的品味。我開始點火抽菸，菸味會使我不太計較什麼。

「我聽到你打火機的聲音，你抽菸了是不是？手受傷還抽？你要死了！」

「抽菸和手受傷有什麼關係？」還是想想晚餐有什麼好菜還比較實際一些，電話太遠了，她感受不出我正在奔流的溫熱血液。

「嘿！你去抽你去抽，答應我的事從來都黃牛，抽死了，我也不會心痛。」

就是這個發音——ㄊㄨㄥˊ。注音符號實在太有趣了，剛才怎麼一點都想不起來？我對我們倆的感情倒生出不祥的預感。

⊙原載 http://blog.chinatimes.com/lwy987/BloggerInfo.aspx

◎作者簡介：

羅位育，男，一九五九年十一月二十八日生於臺北。生肖屬豬，A型，射手座。喜好：睡懶覺、畫漫畫、打籃球。師大國文系畢業，現任北一女教師。著有小說集《鼠輩》、《熱鬧的事》、《食妻時代》、《天生好男人》，散文集《等待錯覺》、《貓吃魚的夢》等書。

◎導讀：你不懂我的「痛」──讀羅位育〈說痛字〉

說「痛」，是主角欲說卻說不出的關鍵字，藉著發音的困難，讓「痛」這個字變成溝通的障礙。

原本發自內心的痛苦感受，對一個說不出口的人來說卻只是像一個空格般的空虛，這麼難以傳達給電話那端的情人，讓男主不僅懊惱不已，還甚至衍生兩人關係不祥的徵兆，原來「溝通」是多麼容易產生誤謬且不易讓對方體會的。

似近時遠的電話傳情，就像是拿著鉛筆寫字的主角而言，看似說了許多文字，其實都因為無法自然的陳述內心真正心情，使得對方更無法用心去體會述說者最想說的其實只是那一個「痛」字。這便是作者說人與人「溝通」的「痛」處，看來作者也成了故事中的那個男主角。（顧蕙倩）

不想讓你有遺憾

范俊逸

每一次的電話都是延期說抱歉的，
信寫不到兩封，
謊卻說了將近十次。
我第一次感覺到自己的殘忍。

我要告訴你一個至今仍令我遺憾的故事。

在我離開家鄉蘇澳北上唸大學那幾年，我和年邁的父親必須分隔兩地。由於自幼只有我和老父相依命，從顛沛艱苦的生活中走來。因此，此次的離別，對我和父親而言，是一種綿長的思念。

初到台北這座陌生的城市，我幾乎每隔兩天就寫一封信回家，向父親傾吐思鄉之苦，而且每個月總會回家一趟，吃吃老爸為我親手煮的菜。

半年多後，繁華迷離的台北城，讓我漸漸忘卻了鄉愁，流連忘返；從一個月回去一次到兩個月、兩個多月，甚至超過三個月才回去一次。

常常決定這個禮拜六要回去，到了禮拜五的晚上，我又突然覺得有更重要的事情要做，就打電話告訴父親等下星期再回去。雖然有時候只是為了和同學看一場電影，或者和女朋友約會，對父親的食言即使有些歉疚，但終究還是敵不過自己的貪玩。

總覺老爸一定會原諒自己的，青春快樂的時光是要好好的把握的，這種一點也不堂皇的藉口雖然不敢明說，但心理的確是這麼想著。

於是一延再延、一拖再拖、食言又食言，鼻子再長也無所謂。反正，是自己的老爸嘛！

有一次，我沒有通知他，心血來潮，就突然回去。

那時，黃昏正美，夕陽和山巒正耳鬢廝磨，父親和鄰居伯伯坐在榕樹下聊天。伯伯發現我，便指給爸爸看，我望著爸爸看到我時的喜悅神情，老邁的身軀從躺椅上吃力地撐起，迫不及待的眼神推著他向我走來。

「怎麼會突然回來了呢？你沒事吧？不忙嗎？哎呀！我不知道你要回來，沒什麼菜了，你先回家，我去雜貨舖買點東西，冰箱裡面有可樂，你先喝，止止渴。」

父親像在招待一位久違的朋友似的，這時我才驚覺已經三個多月沒回家了。每一次的電話都是延期說抱歉的，信寫不到兩封，謊卻說了將近十次。

我第一次感覺到自己的殘忍。

夜裡，躺在床上和爸爸聊天，爸爸幽幽地說：

「孩子，做人要有信用，對別人如此，對爸爸也一樣啊！不然每一次說要回來，買了一推菜，我一個人吃不完都壞了！」

爸爸不忍說重話，我知道他有點怨我，於是紅著眼眶回答說：

「爸爸，對不起！」

我想，當我每次告訴他要回家時，他一定很期待那天快點到來，可是我又狠心輕率地和他延期，他的快樂又被攔腰斬斷，劊子手正是他最愛的兒子。他心疼的不是那些吃不完的菜，是他準備了滿滿一桌的愛，卻眼睜睜地看著變涼。

可是一回到台北，我又故態復萌，像放回大海的魚兒，樂不思蜀，完全忘了在家望穿秋水的可憐老爸。

直到大三那年的暑假，老爸不再準備豐盛的菜等我回去了，他孤獨地離開人間，不再漫無止境地等著他那個放羊的孩子。

這時，我的悔恨像狂風驟雨似地席捲而來。再多的抱歉，再多的淚水，也彌補不了我對父親的傷害！這深邃無底的遺憾，雖然經過了這麼多年，每每在夜晚時分，仍隱隱作痛。這遺憾將如影隨形地伴著我的靈魂，直到再和父親重聚。

你知道，我爲什麼要說這個故事嗎？

我不想你和我有同樣的遺憾。

所以，如果你和父母住在一起，晚上早點回家，不要讓他們擔心。

如果你在外地求學，這個禮拜六，就買張車票回去，然後告訴他們：

「爸、媽，我好想你們，我愛你們！」

如果你說不出口，就寫在紙上，留在他們看得見的地方。

⊙原載《幽默心看對錯》台北：圓神出版社 1999 年五月初版 p. 209~p.213

◎作者簡介

范俊逸，本名范俊益，國立藝術學院戲劇系畢業，主修劇本創作，曾任聯合報繽紛版「樂來樂感動」專欄作家，目前是漢聲電台「想你的夜」節目主持人。

兼具詩人、小說家、詞曲作家、歌手、廣播主持人等多元身份，前期創作以歌詞、新詩、散文為主，近期則以長篇音樂小說為創作職志，2006 年出版第一本長篇音樂小說《河岸月光》及同名創作演唱專輯，為范俊逸開了啓另一條獨特而創新的文學道路。

◎導讀：如何不要有遺憾——讀范俊逸〈不想讓你有遺憾〉——

〈不想讓你有遺憾〉述說的，卻是一個遺憾的故事。

親情是人類最為微妙的感情，一種與生俱來的甜美或者負擔。親情也經常為我們所忽略，正因為關懷隨時都圍繞在生活周遭，它不起眼，所以容易被忽視。

作者平淺易解的文字敘述，寫來淡然，內裡確有無盡的哀傷。文字中摻入小說對話的質素，採取對話式的告白口吻，文辭清朗而簡潔，敘事清晰而深刻，是范俊逸近期作品一貫的特殊質地。

遺憾如何去避免它呢？子欲養而親不待……看似老生常談的一句話，往往卻蘊含深意，不得不令人儆醒。（陳謙）

句號後面

句號後面的東西其實比前面更多

陳大爲

外婆一再提醒我：句號就是結束，句號後面沒有東西。

老師沒有清楚告訴我們如何造句，只說要努力想一件事情，把題目包含在裡面，寫完就加上一個句號。我的構想往往長篇大幅，情節一個接一個，寫得不亦樂乎，一個句號根本不夠用。況且剛升小一的我實在搞不清楚逗號和句號的差別，反正高興句號就句號，老師很是頭疼。陪我寫作業的外婆也察覺到問題，便提出這個「後面沒有東西」的大原則。爲什麼用它來結尾呢？圓圓的句號眞能圈住所有東西嗎？外邊說我邊把句號畫大一點。外婆說門鎖不必很大，照樣把門給鎖住。原來句號就是門鎖，把屬於句子裡面的東西，統統鎖在裡面。

除了造句可以帶來編故事的快感之外，其他作業令人心煩，我尤其排斥書法。連寫個字都那麼講究，什麼顏眞卿柳公權，簡直無聊透頂，我幹嘛要學他們寫的字！這就苦了身負陪讀之大任的外婆。外婆出身大家族，讀過中學，可她滿腦子的漢字主要用來看報紙，尤其每天連載的金庸和梁羽生的武俠小說，一招一式細讀慢嚼，看到差點忘記煮飯。外婆好像也不怎麼喜歡書法，爲了鼓勵我，她居然端出小金魚當獎品——不管美醜，只要寫完一頁就贈魚一尾。這個餿獎勵算是解決了我對書法的抗拒，想到一本小楷兌換一缸金魚，滿紙的笨楷書登時變成願者上鉤的肥蚯蚓。

每個禮拜天清晨，外公開車送外婆和我到菜市場去大採購，她買魚買肉買菜，我買小金魚和玩具手槍，然後祖孫兩人坐三輪車回家。一袋小金魚懸掛在車篷旁邊，晃啊晃，魚鱗調製出橘色的陽光。小金魚純粹是用來擺平我這隻小魔鬼的，外婆比較關心籃子裡的菜，那是她和媽媽在未來七天的烹飪大計，相較之下眞正豐收的是外婆，不是我。坐三輪車的感覺很棒，手動的遮陽篷、會喘氣的速度、慢條斯理的景物；偶有機靈的流浪狗跟上來，立刻被車夫粗魯的福建話轟走。外婆跟車夫們很熟，車資總是多給兩成，所以每次我們從市場出來，迎面的全是熱烘烘的招呼和笑容。

外婆說我寫作業的速度跟三輪車差不多，慢吞吞的，整整七個星期的年假居然玩掉六個星期，到最後幾天才開工，結果是一邊羨慕公園裡的玩伴，一邊哭，哭那疊永遠寫不完的作業簿。花了半個下午才寫了兩頁小楷，還有二十八頁的空白；排在小楷後面的是數學、英文和馬來文生字。我能不哭嗎？於是外婆哄我到看不見公園景色的二樓後房，面對沒有表情的木板工廠，專心寫字。眼看眞的來不及了，她便跟我一起趴在木質樓板上，我用鉛筆寫生字，她用自來墨水的毛筆寫小楷。一老一少趴了七天七夜，合力把作業解決了，一個苦難的學年在此劃上破涕為笑的句號。

我那上百尾金魚經不起頻頻搬家的辛勞，也劃上了句號。我常用手把不同顏色的金魚搬來搬去，換換環境，順便旅行；沒想到牠們這麼不耐活，虧我每天餵上好幾頓呢！外婆不得不嚴詞恐嚇：玩死這麼多金魚將來可能要下地獄。但她表情太過慈祥，我非但不怕，還說要報告閻王是外婆教我如何用手抓魚，而且魚全是她買的。你眞是個壞孩子啊，外婆猛搖頭，她眞的不知道該說我是寵而不壞的上帝，或者惡魔。不過小金魚可沒白死，二十年後我把牠們統統寫進一首叫〈繼續打聽〉的詩。魚死留名，值！

外婆是我童年最要好的玩伴，有求必應，跟阿拉丁的神燈沒什麼兩樣。我迷上西部牛仔電影，她便給我買了幾套玩具手槍，足以籌組一支勁旅；我羡慕同學豐盛的便當，她就一大清早起來為我準備椰漿飯，配上咖哩小江魚即成了頂級的午餐；每天傍晚我們一起在庭院蕩鞦韆，聽完「麗的呼聲」廣播的鬼故事，踏著月光到巷口的茶室去喝可樂。更重要的是外婆幫我寫假期作業，還擔任闖禍時的擋箭牌。有一次我跟媽媽送外婆到佛寺去念經時，發現彌勒佛長得有點像外婆，圓圓的，很有福氣的樣子。彌勒佛呵護著芸芸衆生，外婆呵護我一個外孫。如果有一題叫「彌勒」

的造句，依照我的惡習，我會先寫上一長串的例子和感受，最後才在句號之前總結：「外婆是我一個人的彌勒」。

不過外婆在家裡供奉的是觀音菩薩，每天早上她坐在小客廳裡閉目念經，我問她今天菩薩有來嗎？剛才跟菩薩說了些什麼呢？真的有齊天大聖和南天門？二郎神最近在做什麼？外婆笑笑，說等她以後升天了再回來告訴我。

野孩子般的童年在搬離外婆家之後，劃下不捨的句號，一段自由快活的歲月，遂封鎖在以「童年」為題的綿長造句裡面。新的社區離外婆家不遠，每隔一兩天我們都會回去看她，話家常，吃宵夜。只要門外響起叉燒飽的叫賣聲，外婆便興高采烈地把攤子喊住，老闆賣的超級大肉包可不是蓋的，近十種餡料調理出極佳的口感和風味，一個就滿足了。我們一大家子十幾口都是饕餮，總是找到吃大餐的理由，從接風歡送中彩票到生日，都能大魚大肉一番。外婆的生日比我晚兩天，我們每年一起慶生一起許願；我猜外婆許的願一定是「永遠不會老」，不然就是偷偷吃了仙丹。

人老到某個程度果真會暫停衰老。在長達十年的歲月中，時間似乎在她身上停了下來，好讓她以同樣的福態和慈祥見證十個孫子的成長。我終於到了離鄉背井的年齡，沒想到當年一走，就是漫長的別離。這是一個很結實的句號，把珍貴的時光全鎖在怡保老家，台北的生活已經是另一個題目。雖然我每一兩年會回去一次，十年下來，在家的時間總計不到半載。外婆還是老樣子，只不過她得去勞神最小卻最過動的孫女。她跟外婆沒有共享過三輪車的歲月，沒有小金魚，沒有鬼故事和詩；但她很黏人，又很誘疼，有好東西都會分給外婆吃。我不知道她是寵而不壞的天使或者女巫，有了她親暱的糾纏，外婆的晚年過得像彌勒佛一樣。我知道，外婆已經不是我一人獨享的彌勒。

時間在外婆身上再度啟動，像一個句號從覆雪的山腰急滾而下，越滾越大，一轉眼便聽說外婆摔了一跤，腳力變差了，成天坐在椅子上。過一些日子媽媽打電話來說外婆身體機能急速衰老，失了胃口，沒了聲音，叫我什麼時候趕回去看看她老人家。才訂好機票，媽媽又說外婆不行了，只撐著一口氣，她在等我回去。我彷彿從電話裡聽到外婆遙遠且易碎的話聲。

外婆在等我，像一個接近完成的句子等待必然的句號。

兩天後我從台北回到怡保老家，才跨入房門就怔住了——那眞是我的外婆嗎？床上半躺半坐的嶙峋瘦骨，連喚我的力氣都沒有了。怎麼會這樣！外婆明明跟彌勒一樣福態慈祥，才半年，那些氣血肌理都到哪去了！「阿嬤」兩字卡在喉嚨，費了好幾秒鐘才爬了出來，爬過虛弱的呼吸和被子，爬過死神佈下的不敗陣法，我難過的顫音牽動了外婆的手指，二姨從抽屜取出新年紅包塞到外婆手裡。我結婚時外婆用喜悅的手，給我好大好的一封紅包，我是她第一個娶媳婦的孫子。我們家裡有個奇特的習俗：不論結婚與否，每逢新年外公外婆都會派紅包。這，是最後一封。

失去行動能力的外婆變得異常沉重，兩人合力才抬得動。媽媽、二姨、三舅母和印傭四人輪流照顧，居住在外埠的兩位舅母和兩位姨婆也不時來幫忙。家裡很熱鬧，二姨企圖用熱絡的氣氛來激勵大夥兒和外婆，她相信奇蹟，她故意忘記再長的句子總有終了的時候，她故意忘記……。我在紛亂的話聲中緊握外婆的手，這雙曾經教我抓小金魚、代我寫過毛筆字的手，它終於要放下菜籃子了，時間的三輪車早把小金魚和造句的歲月，載到極遠極遠的日子之前。我有太多太多的話，卻淤塞在喉嚨，外婆軟軟地握了握我的手。

接下來幾天，探病的親友多得眼花撩亂。遠方的親戚結伴而來，幾部車子載來一大屋子的親情，我認出家境較清寒的幾位，外婆身體還不錯的時候，每年都到鄉下去探望他們，窮鄉僻壤，簡陋的房子卻有無比堅實的熱情。我永遠記得他們歡欣的語氣、尊敬的眼神，輩分最高的外婆儼然是德高望重的族長，來關心她的族人，而我是最雀躍的小跟班。還有幾位童年老家的鄰居，外婆搬家之後已經有好幾年沒有來往，他們間接聽說外婆垂危，統統趕來了，帶著回憶與關心，在斗室裡聊起當年的趣事和近況。外婆無法言語，只能以模糊的喉音和手勢對答，媽媽和二姨在旁「翻譯」，她眼神既高興又哀傷。她知道，這是最後一面了。能來的都來了，同樣年老行動不便的故友也來電問候，每位親友皆留下一顆晶瑩剔透的句號，像晨露，又像念珠，逐一串起便成了她這輩子的最珍貴的積蓄。

回家的第四天晚上，我和媽媽去守護外婆，她不時因口渴而醒來，喝過水，若有所思地望著天花板；我們沒有打擾她，說不定外婆正在梳理一輩子的記憶：遺留在福建的童年、與外公邂逅的美麗情節、五個孩子的成長故事、十個寵而不壞的孫子……。這時候我才發現我對外婆的了解是片面的，只知道跟我交集的片段，其他部分統統空白。「一生」這個詞，遠遠超出我的感受和體驗，但外婆的一生即將在這斗室裡終結，讓一個句號把三萬個日子封藏在裡面。外婆在病榻上日等夜等的，即是這個句號。

媽媽念經安撫她入睡，不斷告訴她：如果在睡夢中看到觀音菩薩，就跟祂去吧，不要有任何牽掛。外婆點點頭，眼角掛了一顆祥和的淚，靜靜入睡。菩薩啊菩薩，什麼時候才願意把外婆接走？我數著念珠，嘴裡用低迴的佛號，心底用宏亮的聲音反覆祈禱。

我相信，菩薩在選擇最適當的時機。

火化之後，外婆住進一個渾圓的罈子，跟外公緊緊靠在一起，妹妹則蹲在他們左邊十步之遙，或許每個傍晚他們會牽著妹妹的手，到這座南傳佛寺的周遭走走，就像牽著我的童年。妹妹的早夭讓我獨占了外公和外婆，如今輪到她了，外婆會不會買更多的小金魚給她？外公會不會每天帶她去看電影去逛街，去吃燒賣和炒麵？我的童年在很遙遠的時間之前就劃上句號，她的童年卻剛剛開始……

我常跟怡雯在睡前談起像節慶一樣的童年：跟彌勒一樣的外婆和像將軍的外公、三輪車上的小金魚和風景、院子裡的鞦韆和鬼故事、新年的煙火和舞獅……，這一切皆封存在一個甜美的句號之前。很近，又很遠。不過外婆說錯了一點，句號後面的東西其實比前面更多，多了隨著年齡倍增的懷念。

⊙原載《聯合文學》2002年5月

◎作者簡介：

陳大為，一九六九年生於馬來西亞怡保市，台灣師範大學文學博士，現任台北大學中文系教授，曾獲：台北文學年金、聯合報文學獎新詩及散文首獎、中國時報文學獎新詩及散文評審獎、世界華文優秀散文盤房獎、新聞局圖書金鼎獎等。著有：詩集《治洪前書》、《再鴻門》、《盡是魅影的城國》、《靠近　羅摩衍那》，散文集《流動的身世》、《句號後面》、《火鳳燎原的午後》，散文繪本《四個有貓的轉角》、《野故事》等。

◎導讀：人情信美的童年之夢——陳大為〈句號後面〉——

「句號後面的東西其實比前面更多」，原因是因為人們慣於思索，追憶或者懷念。

然而那些懸念卻經常滋養枯竭的生活，圓潤著僅存的小小的夢想。慣於大敘事格局的陳大為，其實更有著纖細敏銳的靈魂，他能從日常的觀照出發，譜寫生活裡極其微小，又富含人情信美的互動，在動作的瞬息間，一些悲喜盡收眼底。

所以句號確實不代表結束，句號後面是連綿成串的願想與期盼，也是作者永不褪色的童年之夢。（陳謙）

位子

莫渝

預留一塊墓穴位子
體恤自己的辛勞

這個位子
誰曾經溫熱過？
離開後
由誰續溫？
這個位子，留給誰
適合？

有限的位子
人人適合
人人把握機會
人人搶

末了，別忽略
該預留一塊墓穴位子
體恤自己的辛勞

⊙原載莫渝部落格「菊花院的水鏡」http://mypaper.pchome.com.tw/2257/post/1246099349
2005/4/02
⊙收錄詩集《第一道曙光》，台北：秀威資訊，2007 年

◎作者簡介：

莫渝本名林良雅，男，1948年出生於苗栗縣竹南鎮。1975年以來，定居板橋市。先後畢業於台中師範專科學校、淡江大學法國語文學系。目前擔任《笠》詩刊主編，並任教聯合大學華語文學系。

莫渝長期與詩文學為伍，閱讀世界文學，關心台灣文學。寫作包括新詩、散文、評論、翻譯、兒童文學等，近期著作出版有《莫渝詩文集》（2005年）五冊，2007年出版詩集《第一道曙光》、文論集《台灣詩人群像》、《波光瀲灩——20世紀法國文學》三書。

◎導讀：詩的諷喻——莫渝〈位子〉賞析

莫渝曾說：「詩，是藥帖，是處方，療癒傷痕，撫慰人心。」詩某種程度有著療癒的成效，詩更是睿智的言語，一刀劃開現實的面向，提供生活的儆醒與安慰。

「位子」人人需要，位子除了賺得生活的需索之外，也定義著存在的價值。只是事實其實是「位子」這東西，是沒有誰會不被取代的，因此屁股的體溫經常有人熱中複習，且不怕暗瘡纏身，一個位子接一個位子。

可笑的是到了最後，連自己的墓地恐怕都沒有預留，因為無法在自己的算計之中，詩的諷喻，此處可證。（陳謙）

透光玻璃

吳明興

是誰說的呢
把一切看清楚了便有了罪惡感

停在玻璃上的蒼蠅
透光的腹部蠕動著白細的蟲蛆
是誰說的呢
把一切看清楚了便有了罪惡感
在心頭蠕動的也是白細
白細的慾望之蟲蛆哪
那隻蒼蠅一直停在玻璃上
是想逃離這個世界嗎

一個既完美而又頑劣的世界啊
你的悲哀就像一面透光玻璃
恒是不被警覺的
梗在每一個脆弱的心靈裏

⊙原載〈大海洋詩刊〉第十九期，1995年三月。
收錄李瑞騰主編《七十四年詩選》，台北：爾雅，1996年。

◎作者簡介：

吳明興，佛光大學文學博士、湖南中醫藥大學醫學博士候選人、玄奘學術研究院佛學博士研究生、南華大學宗教學研究所碩士、空中大學人文學士，現任瑞士European University中歐標竿學院文化創意產業講座教授、玄奘大學中文系現代文學教師、聯合百科電子出版有限公司漢學顧問、臺灣創意產業管理協會創會會員、香港世界華文詩人協會終身理事。曾任象群詩社社長、《葡萄園》詩刊主編、曼陀羅現代詩學研究會副會長、華梵大學原泉出版社總編輯、慧明文化集團總經理、育達商業大學應用中文系教師。著有學術論文百餘萬言，並已發表詩作數千首。

◎導讀：現實的凝視——吳明興的〈透光玻璃〉——

吳明興的創作文類以詩為主，詩作多以「古樸平淡」見長，他曾說他的作品：以感性領受自然，以知性剖析人文……令人以為他的詩風傾向抒情，且帶有田園風味，殊不知詩人對現實的觀察更為敏銳，直逼事象的核心。

多元的取材與1980年代中期密集的作品發表，李瑞騰曾認為吳明興是「詩的狂熱份子」，更認為這首詩「觀察細膩，從物反射回到人身上，直指人性的弱點」是一首精緻且不可多得的佳作。

對物象的觀察，成為詩人寫作的首要條件，也可以了解，對意象的敘述與描繪，透過語言的比喻與影射，詩成為演出，而不是概念的說明。（陳謙）

島與島

吳鈞堯

民國六十八年，
台北只有一歲，
我以為這是屬於我的城市。

對我來說，台北生於民國六十七年。

跟分娩一樣，城市的誕生也有痛苦記憶。那年夏天，父母帶領家人遷離金門，前往夢寐之地台北。小時候，村人返鄉，多會述說台灣的富庶。他們提著惹涎的荔枝、蘋果跟牛肉乾，犒賞親友。起初，台灣以及它的城市只是概念性地域，除了商人，少有人有錢跟時間搭船去，直到越來越多的村人到過台灣，返鄉後客串傳教士，一遍一遍地訴說，將台灣變成一則傳奇。我見過不少旅居台北的村人，他們敢穿村人忌諱的大紅色衣服，翹起二郎腿有模有樣，他們變了個樣回來。

我是那麼渴望抵達一座城市，才會一直記得台北誕生的模樣吧。夏天，不熄火的計程車像隻不安份的狗，不斷喘息，催促著話別的親人。臨行前，阿公拄著枴杖，吃力走近計程車，想說些什麼時卻已哽咽。堂嫂跟媽道別，說著說著，卻哭著跑回屋子。唯一的例外是未滿十歲的弟弟，他穿新鞋、捧汽水，興高采烈跳著，計程車開動，堂嫂哭著奔出來，他察覺氣氛有異才放懷大哭。

無論我在何時何地想起離鄉的情景，心，仍會痛得皺了起來。痛，深刻而難忘，以至於我會記得乍見台北時，驚訝得說不出話來的另一種憾動。

我跟家人搭軍艦登陸高雄港，踏著台灣土地，內心澎湃，忍不住跟自己說：我終於來了。第一次搭柴油火車，氣味濃臭，火車骨碌亂響，但興奮掩埋不適，我走出舊台北車站地下道的剎那，也是城市的誕生時刻。對旅客來說，遇見一座城市總有莫名悸動，何況是嚮往十幾年的城市？當時的我怎麼也想像不到，親近、並且融入一座城市，隱藏著偌大的鄉愁跟空虛。

走進二十年前的忠孝西路，車輛一輛銜接一輛，像條多節肢的蟲，邊按喇叭邊前進，難怪電視經常播放勿亂按喇叭的廣告。希爾頓飯店矗立，學生用作約會地點的分貝表尚未拆除，不時閃爍高達百度以上的噪音。「鐵路餐廳」是七〇年代著名的聚會所，我當然無以臆測十幾年後，高聳的新光三越成為著名的天際線，蔚為文化特色的誠品書店進駐一旁的大亞百貨，已拆除的天橋上，小販兜售皮包、手錶；天橋下，打工的女學生攔下穿梭的行人，而廣場角落，打領帶的業務人員正積極推銷銀行信用卡。

走進二十年前的忠孝西路，我們不會看見建築體外牆上的電視螢幕，不會料到中美即將斷交、立法委員打群架、異議人士陳水扁當選總統。我們所處的城市會將變成什麼樣的未來之城，著實難以揣測。在等待計程車時，我東張西望，地下道出入口像地下井，不斷湧出人，招牌像螳螂，雄踞大樓，霓虹燈不停奔跑、轉換顏色，對我來說，那已是燦爛的煙火。我心滿意足。

民國六十八年，台北只有一歲，我以為這是屬於我的城市。

這的確是屬於我的城市，我搭公車到南港讀書，夜裡華燈初上，我瀏覽街景，更不願放過公車內亭亭玉立的女學生。我陪朋友走進裝潢雅致的咖啡廳，聽他說工作、談感情，並興致勃勃邀我參加元宵節燈會。城市成為縮小的主題地圖，被時間深刻地鑲在腦海。我們會在冬天走進知名的火鍋店，在春天上陽明山賞花，我們評估捷運影響房價，也關心百貨公司打折跟流浪狗的生存權。從膽敢一個人過紅綠燈後，城市對我盡情開放了，慢慢的，我知道看搶孤得到頭城，看天燈宜往平溪，體驗蜂炮只有鹽水。

我對城市生活種種再也熟悉不過了，但，越融入城市，越覺得城市跟我隔著一層膜。我不知道環亞百貨曾經稻田遍野、學校的前身是墓園，不知道廟會隊伍何事喜洋洋敲鑼打鼓而去，最糟糕的是對居住地，僅停留在行政劃分的認識上，原來，一歲的城市已是個老靈魂了，擁擠、繁榮或者忙碌，僅是它的表象，我怎能披著皮，走進靈魂？

我不只一次返回金門，餵哺鄉愁，卻再也回不到二十年前的金門。

村裡的道路鋪上水泥，沿途的相思樹早被砍倒，村人逐次遷往台灣，原有的七、八十戶人家僅餘僅餘七、八戶，斷續的人語徘徊在荒蕪的農地上，越顯蕭瑟。我走過當年的話別地，進入了無人煙的三合院，阿公、阿嬤的遺照懸掛大廳，一陣心痛，眼淚不停流下。回到新蓋的透天厝，堂嫂卻以幸福的口吻說，建設越來越好，日子好過多了。我走遍農地跟昔日的玩耍處，逐漸明白，故鄉沒有固定的型態，爺爺所記憶的村落不同我懷念的故鄉、更不同四歲大的姪子的故鄉。或許，認識一座真正的城市，發生在離開的那一刻，我開始想念喧嘩的擁擠、熟悉的家跟友善的親友。

我搭機，飛回燈火輝煌的城市，俯瞰熟悉的街景，我跟自己說：我回來了。

這天，台北二十歲了。

⊙原載《金門》，台北：爾雅出版，2002年

◎作者介紹：

吳鈞堯，現職《幼獅文藝》主編，小說獲《時報》、《聯合報》、《中央日報》等小說獎，散文獲梁實秋、台北文學獎、《中央日報》、教育部等散文獎，二〇〇五年因耕耘《幼獅文藝》及寫作班有成，獲頒五四文藝獎章，著有《龍的憂鬱》、《金門》、《如果我在那裡》、《荒言》、以及《崢嶸》、《凌雲》、《履霜》等金門歷史小說。另著有學術論文《金門現代文學發展之研究》。金門歷史小說精選《火殤世紀》將於二〇一〇年出版。

◎導讀：肉身的漂流——吳鈞堯的〈島與島〉

成長過程中，家園是心靈挫傷後，歸返以及療癒的根據地。家園是旅人追尋的方向，不同生命階段有其不同對家園的追尋，家園看似場域，其實更是心靈上，殷殷企盼的原鄉。

吳鈞堯從一次次往返金門的敘述中顯露自我的成長刻痕，悲喜交集且情深意執，在島與島之間，作者多次徘徊且懷疑於自己流浪的身世，但終究以文字，安頓了一己漂流的肉身，更在喧嘩且擁擠的城市中，找到足以安身立命的力量與源泉。（陳謙）

齒輪

林彧

太陽嗎？月亮嗎？星星嗎？
天地間的一片寂寞；是什麼？

比你矮？那是因爲：
我站得比你低，但
是誰讓我們日夜不停轉動呢？
太陽嗎？月亮嗎？星星嗎？
輝煌的發光體照亮的只是
天地間的一片寂寞；是什麼？
你與我之間的軋轢和摩擦。

是的，是你我潮黯的心房中
那發芒的齒輪無休止的磨滾，
才推卻七情的銳牙，又急急
嚙啃出六慾的形狀來了。

⊙原載1984年《詩人坊》第七期

◎作者簡介：

林彧，本名林鈺錫，1957年1月1日生，台灣南投縣鹿谷鄉人，世界新專（世新大學）畢業。曾任聯合報校對、記者，中國時報文化新聞中心副主任，時報周刊副社長兼執行副總編輯退休。現回鹿谷經營茶行。

1983年獲中國時報文學獎新詩推薦獎；1984年獲創世紀三十周年新詩創作獎；1985年以《單身日記》獲金鼎獎。林彧的著作以現代詩與散文為主，計有詩集：《夢要去旅行》〔時報出版，1984〕、《單身日記》〔希代，1985〕、《鹿之谷》〔漢藝色研，1987〕、《戀愛遊戲規則》〔皇冠，1988〕；散文：《快筆速寫》〔自立出版，1985〕、《愛草》〔文經社，1986；華成，2002〕等。

◎導讀：我們擁有共同的寂寞——讀林彧〈齒輪〉

「是誰讓我們日夜不停轉動呢？」是生活的逼催，造成人們七情六欲的浮腫肥大吧。

從空間的尺度上書寫出群我間的關係，縱然地位上並不平等，但帶動的工作仍是同一件事情。無法溝通的工作伙伴雖比鄰而處，確各自擁有巨大的寂寞。

林彧寫出的，其實是你我也曾經有過的孤單與失落。（陳謙）

雙島

解昆樺

如今我看著自己漸漸隆起的乳房與肚子，
對所有距離的分辨都遲鈍了。

親愛的Ｚ：

我已感受到夏末豐碩的稻穗芬芳，在鄉間這座宅院，儘管房門四闔，但濃郁的草翠氣息依舊瀰漫竄繞在所有隙縫之間。這些味道與西加里曼丹島毫無不同，奔放且寬廣，一如妳眼神中夏夜那片溫馴又神祕的爪哇海。坐在搖椅，疲倦的我回到昔日那隻任海浮沉的漁船，與妳綴補漁網，清苦羞澀……偶爾霹靂啪啦響的捕蚊燈，打亂這穩謐的時光片段，我本能地抱撫自己隆起的肚子，才猛然驚覺，我早已歷經漫長旅次，跨越過無數道黑潮，在時間與空間的另一岸，爲人妻，爲人母。

我勉力在生活裡縮小自己，學著承擔，像這座島所有人一般。我慶幸丈夫一如當年，質樸諒人，對我付出最眞實的情感。我們擁有一家豆漿店，大清早便開始桿麵炸油條烤燒餅，招呼客人，擲數銅板。下午刷洗店面發了麵後，我常坐上他那台破機車，緊挨著他，鏗鏗硿硿地穿越在屏東平原的巷弄與田埂間，去參加國小辦的外籍新娘學習班。在這樣的生活中，我們匆忙又平實地豢養彼此的幸福，像拼圖扣榫在一塊，又像兩枚磁石，在所有角落感應彼此的存在，並趕赴彼此。

如今我看著自己漸漸隆起的乳房與肚子，對所有距離的分辨都遲鈍了。既然不良於行，就任性地把世界縮小放在身邊，如同此刻在燈前執筆寫信，感覺遷居雅加達的妳其實只坐在我身邊，歡歌依舊。我不知道懷了孕後，能這樣擁有我前所不及的想像力，連看著裂紋蔓延的大理石地板，都感受到這世界的破碎。木訥的夫說：「這是顆蛋。」他也在想像，想像時間在孵孕這房子。

而我的子宮不只是間房子，更有條臍帶血脈交纏修築的路，交流我與孩子。我時常輕按胸脯，感受我們悲歡相連的心跳，儘管他依舊是一片混沌，但已開始在我的想像中備受呵護。第一次感受到孩子在子宮裡的踢動，我就把他想像成愛踢足球的孩子，在飽含露水的草原奔跑著奔跑著，啊，不小心竟滑了一跤，我告訴妳，即便這只是想像，也使我悄然心痛。

不斷追逐足球的他，在時間轉角，會不會遇到在童年漁村抱著國小課本與鉛筆盒上學的妳與我，送給我們最溫暖的笑容……我不知道這倉促的二十年以及未來時光裡，我會領悟些什麼，兩座島，我與妳，我與夫，我與子，這些如枝蔓交互盤生的情感，對我來說已然足夠。

入夜早深，在夫厚重鼻息中，我想煮盤道地的印尼咖哩魚聊慰鄉愁，看著爐灶飄吐的水氣，拌著妳寄來的 kemiri、Lemon Grass 香料。這小小盤子裡放滿了整片婆羅洲的夏日滋味，在往日共坐椰林聽風時便已被我們恣意領略，即使現在妳在赤道那，我在北回歸線這，記憶中那種種 酸辣甜苦依舊清晰無比，分毫不差。

⊙原載 2006 年「第一屆林榮三文學獎」小品文得獎作品輯

◎作者簡介：

解昆樺，1977 年生，台灣師大國文所博士，現任職中興大學中文系助理教授。曾獲文建會台灣文學獎首獎、文建會現代文學研究獎助，林榮三文學獎等。著有《台灣現代詩典律的建構與推移：以創世紀詩社與笠詩社為觀察核心》、《心的隱喻：文學場域中知識份子的書寫意識》、《青春構詩：70年代新興詩社與1950年世代詩人的詩學建構策略》等學術專書。

◎導讀：幸福的視角——解昆樺的〈雙島〉

何懷碩認為這是一篇迴異於一般外籍新娘多陳述不幸困境，卻直寫幸福的難得佳構。

可見得書寫時的視角，確實會令篇章因選擇的路術不同，而有不同的結果。文字的生澀難懂，經常是思想的晦澀引發，但若思考明朗健康，亦可以有較為正向的題材展現。

作者以腹中一個孩子相連的血脈作為連結，進而牽引出雙島的具體象徵，一如文中所述：「在這樣的生活中，我們匆忙又平實地豢養彼此的幸福，像拼圖扣榫在一塊，又像兩枚磁石，在所有角落感應彼此的存在，並趕赴彼此。」

解昆樺是1970世代少數「真正」跨足文學創作與學術的雙棲學人與作家，他在進行文字創作的同時，我們看到的是文字中的樸質無華，以及求真尋善的文字企圖，絕無吊書袋的學院匠氣，以及令人作嘔的浮塆矯情。（陳謙）

閱讀寫作：當代詩文選讀 / 顧蕙倩, 陳謙編著 .
-- 第一版 . -- 臺中市：十力文化 , 2010.07
面；　　公分
ISBN 978-986-85668-4-2(平裝)

1. 國文科 2. 讀本

836　　　　　　　　　　99012132

編　　著　陳謙 / 顧蕙倩

出 版 者　十力文化出版有限公司
公司地址　408 台中市南屯區文心路一段 186 號 4 樓之 2
通訊地址　台北郵政 93-357 信箱
電　　話　02-8933-1916
網　　址　www.omnibooks.com.tw
電子郵件　omnibooks.co@gmail.com
統一編號　28164046

劃撥帳號　50073947
戶　　名　十力文化出版有限公司

書　　名　閱讀與寫作 - 當代詩文選讀
出版日期　2010 年 7 月
版　　次　第一版第一刷
書　　號　L001
定　　價　300

ISBN-13　978-986-85668-4-2